远去的家

片山恭一 作品
张兴 译

青岛出版社
QINGDAO PUBLISHING HOUSE

第一章 · · · 春天的动物园

小时候的和也非常害怕牙医。一直到小学五年级，每次暑假前去牙科医院治疗龋齿的时候，他都会哭得死去活来，即使心里下定决心这次绝不让眼泪流下来，也是无济于事。听护士小姐按顺序喊到自己的名字，小和也走进治疗室，按要求躺上治疗用的牙科椅，一件蓝色手术裙被搭在胸前。一看到担任助手的护士小姐开始准备小镊子、脱脂棉、漱口用的不锈钢杯，他的泪水马上就像随时可能决堤的湖水一样溢满胸间。

不知从哪儿冒出来的一位老气横秋的年轻医生，戴着黑杰克风格的口罩，用严肃的口吻命令他张大嘴巴。无影灯亮了起来，在强烈灯光的照射下，臼齿上某个舌尖都能伸进去的大洞看得清清楚楚，是龋齿没错。5 月份的牙科检查中共被查出有 3 颗牙存在C2阶段龋齿，其中1颗马上就要发展到C3阶段。也就是说，龋蚀已经突破了牙本质，开始向牙髓发展。医生开始用洁牙器掏龋齿洞，用气刷清洁患部，用口腔镜仔细检查牙齿内侧。

治疗过程中，小和也一直闭着眼睛，因为即使睁开眼睛也看不到治疗的情况。但正是因为看不到，心里才感到特别恐怖。大人不会因为治疗龋齿流眼泪，大约是因为了解治疗的过程与内容。如果仅是现实中的疼痛的话，只要医生的手法不是特别的粗暴，都是可以忍受的。恐怖之处在于不知道下一刻将有什么发生在自己身上。因此他才非常希望自己能够成为一名治疗者，把盘踞在黑暗中的怪物拖到太阳底下来。

牙科医生，很了不起的工作，一个无论从哪方面看都很体面的职业。不但很容易就能获得银行贷款，对别人来说也很有用，因为不管怎么说这个工作还能替人解除痛苦。一双神奇的手给多少因为牙痛而睡不好觉的人们带来一宿安眠。双手捂着腮帮子，佝偻着挪进治疗室的患者，治疗后就能生龙活虎地走出房间。就像神秘的巫婆能够在一瞬间治疗腰椎病一样，他也拥有能让因剧痛而面部痉挛的可怜人在短时间内康复的本事。当然，这仅限于麻醉起作用的一段时间内，麻醉效果消失后，剧痛就可能再度出现。有些情况下，为了解除痛苦，甚至必须增加新的痛苦。这就好像终结内乱的战争一样，谁都只能认命。

可以说世上的普通人对牙科治疗的认识都存在误区。原则上，牙齿是无法治疗的。感冒可以治，而龋齿则无法治。之所以这样说，是因为在牙科领域内，生物体的自然治愈力基本上是远远不足的。刮去的一部分永远长不回来，一旦患上龋齿，就不可能恢复到原来的模样，甚至于为了治疗而刮牙齿，把已破坏的东西，再破坏一次。以前缺乏把牙齿和填充材料粘在一起的粘合剂，所以只好采用扩大开口的方法来补牙，甚至还有预防性削除龋齿周围部分的所谓“预防性扩大”的治疗方案。现在，经过粘合技术革新，凭借最低限度的切削来治疗牙周疾病的所谓“微创疗法(Minimum Intervention, MI)”已经成为常见的选择。但即便如此，牙科治疗的现状仍然仅限于治疗和维护。

这样一来会怎样呢？就跟排除下水故障或者修好了漏水的问题能得到感谢一样，他通过给牙齿进行治疗和维护来获得感谢。当然是感谢的情况更多一些，至少没有被投诉，或者被人在门前泼洒粪便泄愤。虽然曾经有一次，停车场的水泥围栏上被人涂鸦，但这应该不是出于怨恨，而是恶作剧的成分更多一些。患者中甚至还有送来自家田地出产的萝卜和大葱来表示感谢的。自从诊所开张以来，和也还积极从事预防牙科方面的工作，指导患者如何正确刷牙并提供牙石清除服务。

通过诊断和治疗这些行为，和也获得了丰厚的回报，说得俗点就是赚了很多钱。年收入要比普通的公司职员高得多，不客气地讲，甚至超过某些大企业的高管。

四年前，他的诊所兼住宅竣工，仅自住部分的面积就超过了 200 平米。此前，在毕业母校所在的广岛市，他一直租用经营地产的岳父公司名下的商务楼中的一个套间来开诊所。这栋楼盘的所有者因经营观光宾馆不善而债台高筑，主银行将它作为债权放弃的一个条件，将整栋楼卖给了一家大型量贩店。虽然他仍能通过签订新的租赁协议继续经营自己的诊所，但考虑到家电产品销售业绩低迷，占据 1 层到 3 层的量贩店能够吸引来多少客人是个未知数，况且租金方面的交涉也非常麻烦，最终导致和也下狠心新建了这座住宅兼诊所。

鼓励他在松山开诊所的是从岳父那里继承了一部分业务的内弟。内弟自己也是在松山成的家，主要从事市内土地项目开发、转让和销售。他提出建议称现在恰好道后附近的本公司产业正待开发，能够在区划和价格方面给予一定的优惠。和也在与妻子雅美商量后，岳父也就很爽快地同意了，这样内弟的建议终获采纳。就这样，对于和也小两口而言仿佛开辟了新天地一般，在对岸的街道上开始正式经营牙科诊所。

当时和也的孩子们正分别面临高考和中考，长子郁也的志愿是希望能像父亲一样上广岛大学，而次子俊彦则打算上松山的私立高中，因此全家顺利地从广岛搬到了松山。这样一来，不但上了大学的郁也能够独立生活，正在上高中的俊彦也可以过走读的生活，可谓两全其美。

为了能赶在孩子们上学的时候入住，和也夫妇迫不及待地进入设计和预算阶段。相对独立的诊所部分主要是和也的设计，而上下两层的居住部分则由设计师参考夫妇的意见完成。整个房屋包括孩子们的房间、和也夫妇的卧房、客厅、最新潮流的厨房、采光良好的起居室，二楼则是“男人的秘密小屋”风格的阁楼书房以及贴瓷砖的露台、装有遮阳篷的阳台。此外还购置了意大利阿尔弗莱克斯（Arflex）名牌沙发、野口勇设计的三角茶几以及著名设计师赖特（Frank Lloyd Wright）设计的落地灯。

令人惋惜的是，现在这里几乎都没有人住。继长子郁也之后，去年春天，次子俊彦也考上了位于德岛的大学。这也是没有办法的事，次子俊彦离开家独立生活的想法，好几年前就众所周知了。放弃考本地大学，而去挑战外地的大学，这个选择本身就代表了他的心迹，而妻子雅美的离开却颇令人意外。

住在广岛的岳父因脑溢血病倒是去年秋天的事情。命是保住了，却落下了麻痹的后遗症，基本上处于半身不遂的状态。能够照顾他的只剩下早已年愈花甲的岳母，而不幸的是连岳母也在今年三月底因感冒而病倒了，很可能是因为半年来照顾岳父疲劳过度所致。这样一来，作为长女的雅美就必须回家照顾两位老人了。虽然暂定是一周时间，但根据情况还有可能会延长。

就这样和也开始了预料之外的独居生活。除了有一些不便需要克服外，总的来说这样的生活还是蛮轻松、惬意的。晚上七点诊所关门后，夜晚的大把的时间就都是自己的了。用 DVD 看看电影、听听音乐，声音自然可以放得比平时大一些，也可以自言自语，总之是尽情享受一个人的时间而完全不需要考虑旁人的感受。即便电影中有令人耳热心跳的情色场面，也不会尴尬地陷入沉默。和也与妻子雅美不知从什么时候起就已经进入了无性的状态。两个人虽然仍处于正当年的年龄，做那件事也很自然，并不辛苦，但就是受不了那种令人窒息的感觉。而一个人独处则没有这方面的问题。就连《英国病人 (The English Patient)》、《廊桥遗梦 (The Bridges of Madison County)》这样的片子也可以随心所欲地欣赏了。

自由自在的独居生活，出乎意料地重新唤醒了和也沉睡已久的心。宽敞的屋子里，只有他和一只快三岁的美国短毛猫，猫也是公的。

“你的快乐是什么呢？”

“那还用说，追逐异性呗！”

“你这家伙……”话刚出口一半，和也突然意识到什么，马上缄口不言。

自己差一点就跟猫讲话了。无论中年男子独自一人在家有多孤独，对自己养的猫说话都是有问题的。不对，对猫说话本身应该说并没有问题，这种事大部分人都在做，和也自己迄今为止也都是这样做的。问题是，猫看起来正要回答他的问题，如果猫真的回答自己的话，这才是不正常的。

“这不是猫的问题，是我自己，哈哈哈。”

当然，和也并不担心自己的精神状态。他给自己下的诊断是这样：这就是所谓欲求不满症状，由于多年不接触女人的身体所导致。与其说是神经衰弱，不如说是类似于脱水的症状。

堕落的诱惑，就在身边，触手可及。牙科医院的员工除了他之外全是女性，而且都是二十多岁。虽然其中也不乏体态迷人、婀娜多姿的，但是相貌就不容乐观了。护士服虽能衬托出迷人的身体曲线，但却让人连抚摸下臀部的兴致都提不起来。和也自问从未对任何一个工作人员产生过情色方面的幻想。说起来这纯粹是自作自受，这些绝不会让人有非分之想的工作人员本来就都是他自己特意挑选的。

和也是个无论做什么事情都有理有节的男人。至少他本人对自己这方面还是非常有自信的。和也是以一种清教徒的使命感来从事工作的，坚持简单、正直、真实无欺的医疗行为，为了向患者提供高质量服务，严格要求下属是义不容辞的责任。

“牙线。”

“好的。”

“笨蛋，太短了。”

“对不起。”

“咬合纸。”

“那是什么啊。”

“纸啊，动作利索点。”

“啊，知道了。我记得是放在这里来着。”

“好了好了，你被解雇了。”

事到如今，他也有些后悔，怎么当初就没有招一个能够在工作上或是私人关系上能带给自己动力的女人呢？为什么自己招的都是即使在眼前出现也让人情不自禁想说“不、谢谢”的女人呢？然而现在已经来不及了，同行中间自己已经被冠以“老顽固”的称号，曼谷买春之旅之类的学会活动也绝不会向他发出邀请。

和也心里当然清楚，这个世上的男人并不都像自己这样富有清教徒式的使命感。看到女人就蠢蠢欲动的男人们，有些甚至急切地希望“犯错”。同行中也有这样的人。无论是别人的妻子也好、未成年的少女也罢，都没关系，特别是看到新婚不久而且怀有身孕的女人就神魂颠倒。确切地说这简直是一种病态，私下里管这种人叫只会让身体特定部位充血的无能之辈。他自己绝不承认自己是这样的男人……但这次他深切地感到自己还是早些找个能够一起吃饭的女性朋友更好一些。

和也所追求的并不是床笫之欢的对象，至少这并不是唯一的目的，而是能够聊聊音乐、艺术方面话题的，有知识、有志趣的女性朋友。交往顺利的话，甚至也可能进一步发展关系。总之，就是朋友、情人两者兼而有之，保持一种危险的平衡。但就眼前而言，并没有适合的交往对象。无论是已婚的还是未婚的，或者是怀孕的年轻女孩，符合要求的一个也没有。虽然他不是一个有信仰的人，但在这个时候也会向神明祈祷：

“神啊，请赐予我一位能让我神魂颠倒的好女人吧。”

从某种意义上，和也也曾神魂颠倒过。有两个女人一直让他牵肠挂肚，一个是同住在广岛市的母亲，还有一个是春天放假时，来祖母家玩的侄女。这个孩子是住在福冈的哥哥的独生女，四月份才上小学三年级。嫂子开车把她送到门司港，让小家伙自己乘驶往松山方向的高速轮渡来的。航行时间 2 小时 50 分，行程中乘客无法走出舱室，因此小孩子一个人旅行也很安全。和也的母亲到观光港口去迎接，说是要住整整一个星期。整件事听起来简直就像是在开玩笑。

周日，和也按照母亲的要求，送祖孙俩去逛动物园。这所动物园原来就坐落在道后温泉街，但是二十年前搬到了郊外，与市里的交通颇为不便。这个时候，热心的叔叔就该出场了。和也没有抱怨什么，侄女很可爱，特别是和也家里全是男的，偶尔有一个小女孩做伴也是很快乐的。但是，可爱的侄女还远远不能满足和也所有的要求，而他也不并打算永远维持现状。

三十分钟后动物园就到了。确切地说，是到了动物园的停车场，下了车还需要乘坐巴士才能到动物园门口。这是一辆狮子造型、看起来很滑稽的巴士。和也心想："真不明白，难得的周日，自己怎么会干这种事？"他本来也有想利用周日的空闲时间来做的事情，比如说平时没法进行的大扫除、整理庭院，或者静静地听音乐、读书等等。但是细细想来，如果在难得的周末既没有像样的爱好也没有计划，维护一个欠了二十年贷款的房屋、简单地做一个人吃的饭、喂喂猫、读读书、看看电视、逛逛超市……这些对一个四十七岁的中年男子来说也略显孤单了些。这样看来，陪着外地来的侄女逛动物园其实也算不错的选择。和也一边想，一边开始为眼前要做的事感到快乐起来。

“好久没来动物园了。”和也无意中发出了感叹。

走在前面的侄女奇怪地问：“叔叔讨厌动物园吗？”

“讨厌？怎么会呢！只是叔叔长大后，就不太来动物园了。”

“为什么呢？”

“因为工作忙的缘故。”

“这样啊，那我出一个谜语你来回答吧。”

这样进行谈话真是出乎意外，这个年纪的小孩，头脑中可能还没有“文理”、“脉络”之类的理论化的对应关系。

“狗和猫都是哺乳动物，蛇是爬行动物，那么狐与狸是什么呢？”

提问开始啦。

“面条（日本俗称汤面为狐或狸，区别在于是否加煎果）。”

“答对了。”

“太简单了吧。”和也轻蔑地说，“这次叔叔出一个谜语你来答，有了虫牙的人会去找什么动物呢？”

“鹿（鹿和牙科的日语发音相同）。”

上一次到动物园是什么时候，和也自己也想不起来了。只记得孩子们还小的时候，曾经来过很多次。俊彦上小学的时候，好像还也来过一两次。但是自己和妻儿一起在动物园的情景却死活都想不起来了，头脑中无法描绘出全家人站在狮子、黑猩猩笼子面前的情景。孩子们当时到底喜欢什么动物？他们站在大象、长颈鹿面前是什么样子……这些和也一点都回忆不起来。家庭的回忆竟然会是这个样子的。全家一起逛动物园的情景，对和也来说，就像诺亚方舟一样古老。

可能是不停地胡思乱想的缘故，和也的心情并不十分兴致勃勃，可站在春光明媚的公园里，情不自禁地就很开心。动物园被分成好几个区域，分别叫作“非洲街”、“猴子镇”等等。母亲心脏不太好，于是就让她在休息室休息，和也和侄女开始逛公园。侄女宽子兴致勃勃地观赏每一种动物，连牌子上记录的动物学名与栖息地都读得很仔细。和也感到自己的内心开始对这个幼小的侄女产生出一种莫名其妙的怜爱。

“宽子啊，想不想来我家看小猫咪呢？”

“你家有小猫咪吗？”少女的瞳孔闪烁着光彩。

“美国短毛猫，你知道这个品种吗？”

“不知道，叫什么名字呢？”

“黑丝。”

“好可爱。”

“只是名字好听罢了，其实蠢得很。”

“不能说动物蠢！”

“为什么呢，如果是人就可以了？”

“总之不能说傻孩子之类的话，无论是男孩还是女孩。”

“确实是这样。”

和也感到自己和这个孩子很对脾气。

“宽子和叔叔做好朋友好吗？”

“你是在说服我吗？”

“为什么这样说呢？”

“男人不都是这样说服女人的吗？你竟然不知道？”

“第一次听说。”

“那看来你要好好学一下了。”

真不知道哥哥家里天天都谈些什么，或者说是这个孩子与生俱来的一种资质，宽子伶牙俐齿、思维敏捷，而且性格温和，小小年纪就很大度。虽然和也已经稍稍感到疲惫，但是跟她在一起很开心。和也禁不住开始幻想跟这个幼小的侄女两个人生活的情景，同时久违地感到一种心灵上的宁静。

就像是看穿了和也在想什么，侄女语气一沉，突然说：“我，不想回家。”

“宽子这次是在说服叔叔吗？”

她一副面无表情的样子，俨然一副大人的口气说：

“我不喜欢现在的家，爸爸、妈妈……”

谈话一下子严肃起来。

“是讨厌爸爸、妈妈吗？”

“喜欢爸爸，也喜欢妈妈，但是不喜欢爸爸和妈妈在一起。”

“是因为他们吵架吗？”

小姑娘没有正面回答，出了一道谜语。

“加上‘哇’这个音，就成了自己，打一种交通工具。”

“哇？”和也一时反应不过来。

“你竟然不知道。”

“真服了你。”

“答案是‘我[1]’！”

宽子很得意地自己说出了答案。

一行三人决定在象栏附近的休息室吃午餐。宽子点了儿童套餐，和也与母亲则点了咖喱饭。旁边围栏里的大象正在大便。在这种地方吃咖喱饭，实在令人难以想象。和也环顾四周，发现大家都在若无其事地吃咖喱饭。

“宽子真的好喜欢动物啊！”等待上菜的时候，母亲眯着眼笑着说，语气仿佛她并不觉得这有什么奇怪的。

“喜欢哪种动物呢？”和也问道。

“企鹅、海狮和北极熊。”

“都是些受到地球暖化影响的动物啊。”

“叔叔呢？”

“大概是长颈鹿。”

---

1 “わたくし”，日语“我（私、わたし）”的另一种自谦的说法，发音听起来像“哇+TAXI”。

和也开始回忆关于长颈鹿的谜语，很遗憾脑海中并没有现成的。和也有一种遭人暗算的感觉，大脑却不听使唤地默默开始想象长颈鹿是怎么交尾的，可能是缺乏性爱所导致的吧。郁也还是小学生的时候曾多次问起“爸爸妈妈是不是也交尾呢？”弄得和也夫妇一时好不尴尬，猜想肯定他在小学刚刚学了交尾这个词吧。和也在电视上看到过长颈鹿的交尾，不过他一贯的看法是交尾就是交尾，并不是做爱。具体来说是像《国家地理》、《生命地球纪行》中所描写的那种行为，在人类所看不到的密林深处，它们弯着长长的脖子，优雅地表演着舌技。这里请注意，一般来说，用舌头舔舐阴茎、阴道、尿道口都是哺乳动物自己做的事情，与其说是性爱前戏还不如说是修饰自己仪容的一种行为。

“宽子，再吃点吧。”

听到母亲的叫声，一直处于沉思状态的和也一下子回过神来，眼前还是那碗咖喱饭。不知什么时候开始，和也的身体已经有了反应，在侄女和母亲面前这样，真不知道自己到底在想什么。自己竟然想象长颈鹿交尾而勃起，和也开始为自己的行为感到一丝不安。

三人出了动物园之后，选择直接去和也家，晚餐准备吃寿司外卖。雅美因为照顾岳母暂回广岛老家住的事情大体跟母亲提过。当时母亲还主动提出担心儿子一个人住不方便，自己可以来帮助做做饭、洗洗衣服之类的建议，但被和也拒绝了。因为和也不希望自己难得的优雅单身生活因为母亲的到来而被中途打断，而且他还没来由地有着一种莫名的担心，一旦寻求了母亲的帮助，自己对于雅美的感情会产生距离感。和也感觉这样的做法会让两个人的关系更加疏远，并可能最终导致她离去。

宽子好像很喜欢小猫黑丝，小猫也喜欢腻着她。

“看起来它很喜欢女孩子呢。”

“是公的吗？”

“是蠢男人的同类。”

“不是告诉你了不能说动物蠢嘛！”

“我知道。”

“黑丝好可爱啊。”

“你可以把它带走。”

“真的？”

“他骗你的。”母亲突然插话，“叔叔开玩笑呢，况且能不能养猫还需要征求你父母的意见。”

“我回家时问问看。”

母亲狠狠瞪了和也一眼，换了个话题对宽子说，“宽子啊，放暑假的时候可以来叔叔家住一段时间。”

“可以吗？”

“你的作业也可以在这儿写。”

“我可以和黑丝一起睡觉吗？”

“当然可以啦，只要它不说 NO 就行。”

“它是猫，怎么会说话！”

吃完饭，和也让宽子在起居室看电影，120英寸的屏幕和环绕立体声音响系统是他的骄傲。宽子说想看宫崎骏的动画片，但和也为了让8岁的侄女知道家庭影院的乐趣，特意推荐了彼得·杰克逊[2]的《金刚》。

“宽子，这部电影特别棒，演的是令人兴奋、心跳的真人大冒险，好看得你一定会大吃一惊，就看《金刚》这部电影吧。”

“嗯，好吧。”少女露出了笑容。

“这个当叔叔的，简直像个孩子一样。”母亲惊讶地说。

看到通过遥控器控制的屏幕从天花板上垂下来，宽子瞪大了眼睛说：“真棒！”这让和也顿时有了为这位小侄女做任何事的冲动。碟片在CD、DVD都兼容的多媒体播放器里放好之后，伴随着逼真的音响效果，电影开始播放，侄女的视线牢牢地盯着屏幕。

三个人看了一会儿，和也和母亲中途转到了隔壁餐厅。虽说电影的画面和音质都无可挑剔，但是情节却老套、无趣，炫丽的动画效果和逼真的音效只能吸引人一小会儿，很快就腻了。

“觉得电影怎么样？”和也问母亲。

“感觉挺累的。”母亲回答。

“看这样的电影就会明白美国有多么先进，令人耳目一新

---

[2] Peter Jackson（1961—），是20世纪80年代和90年代新西兰电影界颇有声望的导演。

啊。”和也开始口若悬河、喋喋不休起来，“以利己主义的思想去理解金刚，并且感到共鸣。从相反的角度说，对于无法理解、无法共鸣的动物来说，想象力是远远不够的。影片最后金刚被射杀，这一切对于它来讲，还不全都是强加于它的善意所导致的嘛，简直荒谬至极。美国在索马里、塞尔维亚、伊拉克的所作所为也跟这个没什么两样，真是越看越让人气愤的电影。”

“这样的电影，为什么推荐让宽子看呢？”母亲莫名其妙地看着他说，“你也是个奇怪的孩子。”

和也虽然并不觉得自己是个“奇怪的孩子”，但承认自己经常做出矛盾的行为。

“给你换换茶叶吧。”母亲打开茶壶盖说。

“谢谢，不用了，我自己来就行。”

和也拿着茶壶到厨房换茶叶，回到餐厅时低声问母亲：“哥哥家里发生什么了吧？”

“为什么这样讲？”母亲反问。

“夫妻关系处得不太好吗？”和也把自己的事情搁在一边，反倒关心起别人的事。

母亲露出忧虑的表情，“宽子对你说的吗？”

“从谈话中感觉到的。首先，妈妈您不觉得奇怪吗？放了春假，就把女儿一个人送到奶奶家，这种做法非常反常。”

对于和也的疑问，母亲没有正面回答。在经过一段长时间的沉默后，母亲自言自语般地说了一句话，“都是我养的好儿子啊。”

第二章 · · ·

一幅天竺葵的画

受台风锋线影响，政府向周边海域发出了海浪警告。特别是轮渡航经周防滩附近的时候，船身摇得很厉害，因此到了门司港的和也，感觉自己像喝醉了一样。从港口出来，几分钟后在车站转乘小仓方向的快速列车，并按照约定的路线，在博多站的二号站台下了车。这个几年前刚建成的高架式车站取了个和也从未听过的名字。下了扶梯通过检票口的时候，和也遇到了前来迎接自己的嫂子和宽子。

“谢谢您大老远赶过来。”嫂子阳子向和也深深鞠了一躬。

“真的是很远啊。”和也半开玩笑地说道，“而且船也颠簸得很厉害呢。”

“春假时，宽子多蒙您的照顾。”阳子又说。

和也摸着侄女的头问："身体怎么样啊？"

"还行吧。"侄女模仿大人的口吻回答和也后问道："黑丝怎么样了？"

"很健康，它很想念宽子你呢。"

"真是其乐融融啊。"阳子惊讶地看着女儿。

哥哥家住在博多湾填海造地修建而成的高层公寓里，距离最近的车站只有5分钟车程。

"工作怎么样？"正在驾驶着运动款奥迪车的嫂子阳子问。

"周六只是上午营业。"

实际上最后一名患者治疗结束时都已经到下午1点了。和也是因为没有赶上原本要搭乘的下午2点15分从松山机场起飞的日本航空班机，才临时叫了出租车直奔观光港口，改乘3点10分开船的高速轮渡来的，坐的正是春假时宽子来的时候乘坐的那艘船。

"婆婆身体怎么样？"

"精神还是一如既往的好。"

"雅美呢？"

"还好。"和也回答得很暧昧，马上换了话题，"哥哥的病情很严重吗？"

这次轮到阳子含含糊糊起来。和也猜想病情还挺严重，因为连平时性格活泼的宽子在这个话题上也找不到话讲。

傍晚正是堵车的时候，等红绿灯的车子已经排成了长龙。阳子关上后窗打开空调，还是没有新话题。对于和也来说，与其说是在想新的话题，不如说他已经把自己关进了一个自由冥想的世界。回忆起跟宽子逛动物园时，她无意中流露出不想回家的意思。且不论这话是否出于她的本心，但确实说了讨厌父母的话，很可能当时家庭问题就已经表面化了。估计在孩子面前，这对夫妻曾经点燃过几次战火。对这个年龄的孩子来说，那一定是令人心酸的经历。和也开始在心里默默推测现在正坐在副驾驶位置上的侄女的心理。

哥哥酗酒这件事，和也是在接到嫂子通知哥哥住院的电话的时候，第一次从阳子口中听到的。据说每天都喝得酩酊大醉，虽然没有对家人使用暴力，或者仗着酒劲打坏东西，但是想必习惯性饮酒的问题已经非常严重，甚至可能已经到了通过自己的意志无法抗拒酒精的程度。虽说现在因为健康的问题有所收敛，但是出院后重新开始酗酒的可能性非常大。哥哥现在住的综合医院只能针对身体疾患进行内科治疗，而只有戒酒才是能从根本解除病痛的唯一方法，因此或早或晚必须说服本人，接受专门的脱瘾治疗。

过了路口，长长排起的车龙开始逐渐疏散。大道两旁高楼林立，形成了这里特有的街景。阳子把车泊进地下停车场，领着和也乘电梯到了位于第 11 层的家里。进入客厅，地上是满铺的深棕色地毯，配着黑色皮革沙发、透明玻璃方桌，装修简约而洗练，远看仿佛一幅油画。这样精致的房间布置，用来作为售楼广告也绰绰有余。透过宽敞的窗户上挂着的蕾丝窗帘，斑驳的夕阳余晖洒在地上红彤彤的一片。站在窗外的露台上，博多湾的美景尽收眼底。

“这景色太棒了。”和也称赞。

“如果没有人工岛的话，景色会更好。”

“话说回来，地震时没问题吧？”

“虽然摇晃得非常厉害，但基本上没什么损失。”

“杯子碎了好几个呢。”宽子插了一句。

“也就这点损失啦。”

“要是我能住上景色如此迷人的客厅，我也会忍不住想喝两杯啊！”和也发完感慨，才明白自己说错了话，可惜为时已晚。

“先泡个澡吧。”阳子善意地给了窘迫不堪的和也一个台阶。

“那我就不客气啦。”

“宽子，来给叔叔带路。”

“好的。”

伴随着侄女清脆的应答声，和也逃跑似的退出客厅，进了浴室。

哥哥靖彦比和也年长五岁。大学毕业后进 NHK（日本广播公司）当了一名记者。最初的工作地点在八户电视台，之后辗转冈山、北九州、宫崎、冲绳，一路南下，其间还分两次在东京工作了一段时间。十年前，他回到了学生时代熟悉的福冈结了婚，生下了宽子。哥哥结婚很晚，算起来结婚时差不多已经快四十岁了，而新娘阳子当时好像只有二十五六岁。在福冈开始新婚生活的哥哥几年前工作再次调动到冲绳。当时宽子刚刚上小学，哥哥一个人去冲绳工作。据说习惯性饮酒程度加深就是在他单身赴任期间。现在的靖彦已经离开节目制作现场，在一个叫作考察室的部门做内部审查的相关工作。

自己的哥哥竟然会得酒精依赖症，这实在令和也难以置信。那是一周前发生的事情，“五一”黄金周快结束的那个周六早上，吐血后的靖彦晕倒在自家起居室里，被刚起床的嫂子发现。阳子立即联系救护车把他送到了医院，在手术室里捡回了一条命。据说因为长期饮酒而导致的健康问题已经波及全身，这次吐血就是酒精性胃炎发展成胃溃疡的结果。

迄今为止，和也一直认为AA (Alcoholic Anonymous, 戒酒匿名会，以下简称A A) 或者戒酒会这种概念跟自己完全沾不上边，在集会或者例会上宣读誓言、交流感受这样的场景仿佛只会出现在劳伦斯 · 卜洛克（Lawrence Block）的小说中，想不到自己的亲属中竟然会出现这样的人。由于这种依赖症是每天的饮酒量累加而成的，所以也可以算作是一种生活习惯病症，然而无论是和也还是哥哥靖彦都不是好酒之人。虽然经常应酬可能会养成饮酒习惯，但让和也无论如何也无法相信的是，酗酒的嗜好竟然会出现在自己的哥哥靖彦身上，甚至已经到了需要住院治疗这种程度。

洗完澡出来，客厅旁边餐厅的桌子上，摆满了阳子亲手做的卤汁三文鱼、香烤鸡、通心粉沙律等美味佳肴。和也就座后，阳子从冰箱里取出冰镇好的罐装啤酒递给他并且淡淡地声明："平时家里是不放酒的，但是今天比较特别。"

"那真是太感谢了。"

"宽子给叔叔斟酒啊。"

和也用手扶着小杯子，接受侄女的服务。

"阳子不来一杯吗？"从宽子手里接过酒瓶，和也问道。

"那，我也少来一点吧。"

"还没有看望哥哥，现在说辛苦了恐怕为时过早，不过还是跟你说，辛苦了。"

一边绕来绕去地说着客套话，和也举起了酒杯。

"你能来我就很高兴。"阳子爽快地说道，"感谢您在百忙之中拨冗相见。"

看到宽子正在惊奇地注视着大人们正在举行的仪式，和也一边招呼她说："来，宽子也干杯吧，"一边举起杯子和宽子喝牛奶的杯子碰了一下。

"好久没来福冈了吧？"阳子说。

"是的。"

"好像自从我和你哥哥结婚以来，你就没来过。"

"不是的，我记得有一次学会活动来过。"

"什么是学会活动啊？"宽子插嘴问。

“类似中学的修学旅行。”阳子简单地给她做了解释。

“说起来，上中学时，真的在参加修学旅行时来过呢。”

“福冈吗？”

“记得好像应该是长崎至福冈这条线。”

“都去了什么地方？”

“那就记不太清了。”

在长崎时去了哥拉巴公园（Glover Garden）与和平公园，这一点从留下来的班级合影照片可以得到证明，但是好像没有福冈的照片，想来应该只是路过。

“和也当中学生的时候，是多少年前的事情啊？”

“差不多有三十二三年了吧。”和也一边在心里计算，一边回答。

“当时我只有四五岁。”阳子惊讶地说。

“四岁的妈妈！”宽子笑了起来。

“吃饭的时候不要笑。”

“可是……”

看着这一对母女斗嘴，和也不禁在心里默默想象如果她们是自己家人的情景。对于现在过着单身生活的四十七岁男人来说，这样想象恐怕有些不得体。

“修学旅行啊。”阳子的眼光变得深邃。

是的，和也突然想到可以聊聊修学旅行的话题。

“乘坐轮渡到达别府后，”和也开始滔滔不绝地讲起来，“搭巴士沿阿苏、长崎、福冈一线逛了一圈，通过绕山高速的时候，班里的同学有一半都晕车了。只要有一个人吐，呕吐物的味道熏得周围所有人都想吐，就像禽流感那样迅速传染。”

阳子仿佛嘴巴里很酸似的皱起眉头，嘴角仍然努力挤出微笑。她比和也小十岁，今年三十七岁，外表看起来还要年轻些。和也不禁担心她与老态尽显的哥哥站在一起，会不会被人误以为是父女。

“阳子当时去过哪些地方呢？”和也边喝酒，边继续刚才的话题。

“是问修学旅行吗？”阳子天真地问了一句后回答到道：“中学的时候去了九州，还有宫崎、鹿儿岛、雾岛……”说到最后仿佛已是在自言自语。

和也用已经喝得稍微有些醉意的大脑开始思考参加修学旅行时还是中学生的自己当时的愿望。在出岛、思案桥等地游玩的自己，当时是如何设计自己的未来的呢？自己当了牙医，哥哥患上酒精依赖症，自己与雅美相识并结婚，难道这一切都是偶然的吗？如果是这样的话，那如果遇到的是阳子会怎样呢？如果某一天，阳子用手扶着腮帮子走进治疗室，两人相互之间又会有何种感受呢？

晚饭结束后，宽子在母亲的催促下走进浴室。阳子收拾完餐桌上狼藉的杯盘后，又开始给女儿做盒饭。

“明天宽子要参加运动会。”

“好忙啊，我来真是给你添乱。”

“哪里的话，说是运动会，实际上没什么特别的。”

和也打开门独自从客厅走到露台上。高速公路高架桥上的橙色街灯远远看上去小小的就像是工艺装饰灯，它对面特别亮的几盏灯是集装箱起重机的照明，而百货商场的灯光、栉比鳞次的高楼大厦的窗口透出的光，共同构成了一幅灿烂的夜景。和也突然想起来自己寄养在宠物店的猫，想必它这会儿正在做着吃鱼的美梦吧。真是个可爱的家伙，和也感觉它是唯一属于自己的东西。

“笑什么呢？”

突然一个声音传入耳中，吓得和也的心脏扑腾扑腾地猛跳了几下。定睛一看，是宽子不知什么时候跑到露台上来，这会儿正瞪着惊讶的眼睛盯着他的脸。原来自己的脸上不知什么时候已经挂满了笑容。

“在想老婆吗？”

“哪有……”

这可是个实实在在的误会，和也心想如果自己是在想雅美的话，脸色一定很难看，但这些是没办法说给面前这位年仅八岁的小侄女听的。甚至说，如果让她知道自己为什么笑的真正理由，恐怕她更会往歪处想。

“澡已经洗完了？”

“我是来跟您道声晚安的。”

“那么，晚安。”

“什么啊。”

“明天你不是要参加运动会嘛。”

“那又怎么样？”

“总之，快进去休息吧。”

宽子一边嘴里嘟嘟囔囔地说自己还完全不困，一边被母亲赶进属于她的小房间。

“九点钟上床可是家里的规矩。”阳子回到已经整理好的餐桌前解释说。

“好严厉啊。”

“独生子就得这样。”

“打算生第二个吗？”和也一不留神，唐突地问了一句。

阳子笑得很尴尬。和也感到她的笑容背后隐藏着某种令人心酸的感觉。阳子站起来好像打算堵住和也的嘴巴似的，又从冰箱里取出了一罐啤酒递给他。和也心里默默地开始思考阳子的事情，虽说她是嫂子，但是感觉更像自己年轻的妹妹。她毕业于福冈市教会大学，参加工作后在当地的 NHK 任编辑，并在这段时间认识了自己的哥哥，结婚时可能她还是一副一个女大学生的形象。

“和也也以酒为生吗？”阳子一边给他的杯子里倒酒，一边出乎意料地问了一句。

“很少。”和也回答得很自然，“我对酒本身并没有多少兴趣。”

但是与和也的回答相反，就这么一会儿功夫，他已经干掉了三大罐啤酒，而且几乎都是他一个人喝的。不论和也的酒量跟以酒为生相比还有多少距离，至少对阳子来说，现在的情景似乎并不陌生，或者说阳子把和也往杯子里倒酒的样子，跟自己的那一位进行了对比。和也不禁开始担心自己现在的形象在别人看来是不是已经醉态尽显。

“为什么你哥哥要喝那么多？”阳子的话听起来并不像是讽刺，更像是单纯提出自己的疑问。

“为什么要喝酒？我想他本人也不知道为什么吧。”和也尽可能地站在中立的立场上回答，“要说开始喝酒的理由，我想是应该是数不清的。有了理由才喝酒，喝了酒才有理由，这就好像是讨论先有鸡还是先有蛋……饮酒这个行为本身就充满了迷团，也许这就是人性吧。”

阳子漫不经心地点了点头，好像回避和也的视线似的一直望着起居室，眼神虚弱而无力，不知在看什么，也许是疲倦的缘故吧，脸上完全没有什么表情。

“阳子，你是怎么想的？”和也主动发问。

“我丈夫开始喝酒的理由吗？”

和也默默地点了点头。

“他什么都不跟我说。”

阳子责备哥哥的语气听起来像是在撒娇。和也漫无目的地用手把玩着酒杯，感觉有些抵挡不住倦意。

快刀斩乱麻，和也直截了当地问阳子："有没有想到什么事情呢？"

阳子一直低着的头抬了起来，一脸的迷惑，表情好像是将开未开的花蕾，眼角的皱纹像水纹一样若隐若现，让整个表情更加平静，仿佛对周围的一切都漠不关心。正当和也后悔是不是想得太多的时候，阳子好像突然把思绪从桌子下面收拾起来似的缓缓说了一句令和也无比震惊的话。

"我有一个交往的对象，你哥哥在冲绳工作的时候。"

和也简直不敢相信自己的耳朵，抬起头正遇到阳子一瞬间流露出的责备眼神。也许那种恨意只是一种错觉，但是即使是真的，也不是针对自己的。

家里很安静，宽子可能已经睡了，孩子的房间静悄悄的。阳子透过打开窗帘的起居室窗户望着外面，仿佛要把不快的回忆抛到远方。等她把视线移回室内的时候，伸向酒杯的手突然停下来，叹了一口气。

"喝酒可能是因为我不好。"阳子淡淡地望着和也说。

和也终于见到久未谋面的哥哥靖彦。虽说刚刚才从 ICU[3] 捡回一条小命，精神状态还是不错的，完全没有病快快的感觉，脸色也透着红润，只有左边眉头上方那一道晕倒时新添的擦伤证明

---

[3] Intensive Care Unit 的缩写，重症加护病房。

他是一名病人。

“你来了。”盘腿坐在病床上的哥哥表情略显忧郁地说，“谢谢你大老远来看我。”

这是一间四人病房，暂时只有哥哥一位病人。午饭时间已经结束，中午 1 点以后的探视时段才刚刚开始。

“身体怎么样？”和也单刀直入地问道。

“嗯，就那样吧。”靖彦的回答有些勉强，“说是胃溃疡。”

“想必是这样。”

哥哥没用酒精依赖症这个词，看起来似乎并非不愿意承认，而是不希望涉及这个话题。

“雅美和孩子都还好吧。”哥哥开始问些无关紧要的事情。

“还好。”和也迅速转换了话题，“上午宽子参加运动会，我去观战。午休的时候，阳子才开车载我来这边。”

“是嘛。”

和也仔细观察哥哥的脸，面色苍白，脸颊周围泛着不自然的红润，整体看起来稍显阴郁，可能是药物产生的副作用。

“运动会结束后，她们两个也回来。预定三点钟结束，到这边要到三点以后了。”

“今天要回去吗？”

“我搭下午五点半的班机，时间还早。”

“那咱们去谈话室吧。”

下床的时候，和也感到哥哥握扶手的手微微有些颤抖。立刻把眼光移到别处，评论起病房来。

“这里确实有些挤啊。”

哥哥走在前面，两人沿着来时的走廊往回走。绕着开放式的护士站一直往前走，宽敞的走廊右侧是医患用扶梯。对面是为住院病人与探视家属准备的谈话室。谈话室面积很大，足以举行派对，除了桌椅之外还有超薄液晶电视、销售碗面和饮料的自动贩卖机、热水器等电器。透过正面墙上设置的超大玻璃窗，五月的和煦阳光明晃晃地投射进来。哥哥住的楼层是新病房的六楼，从这里眺望窗外，无论是医院小花园里绿意盎然的树木，还是医院周围的街景都尽收眼底。

“风景真好。”和也说，“不比哥哥的公寓差。”

“昨天你在我那儿过夜了吧。”

“宽子热情地招待了我。”

“小东西很喜欢和也叔叔呢。”

“那我可太荣幸了。”

哥弟俩无论谁都刻意地避开谈阳子，这让和也感到有一种如临深渊、如履薄冰般的惊险。

“我去买些饮料吧。”和也望着饮料自动贩售机问。

“我喝水就行了。”哥哥的口气仿佛他从来只喝水一样。

和也去买了瓶装绿茶和矿泉水，哥哥坐在椅子上挺直身体，上身缓慢地左右摇摆，一只手紧紧地握着靠背边缘，不知道是在防止颤抖，还是在支撑身体以避免倒下。他接过和也递来的饮料，道了声谢就打开瓶盖津津有味地喝了起来。忽然靖彦的眼神变得深邃，用回忆过去的口吻问和也："爷爷的家里好像有一幅天竺葵的画吧。"

"天竺葵？"和也立刻反问，"有这幅画吗？"

"应该是挂在爷爷的书房里。"

"完全没有印象。"

据靖彦回忆描述画布的左侧画着一位身着紫青色西服的女人，她的右手边是一张圆桌，上面放着一盆天竺葵，红色的花朵开得香艳无比。这幅画整体色调偏白，背景是淡淡的天蓝色。

"画中的女人好像正在照着桌上天竺葵的样子制作假花，我记得她手中拿着红色的花瓣似的东西。"哥哥抬起头望着天花板，自言自语般地说，"那幅画后来不知丢到哪里去了。"

在和也的回忆中，关于哥哥小时候的部分已经模糊不清。同哥哥一起说话、做游戏、吵架的记忆已经半点不剩，就连拥抱在一起的感觉也完全记不起来。岁月流逝也许是原因之一，毕竟那些都是自己三四岁时的事情，而当时的靖彦也就是一个小学三四年级的学生。和也一直到上小学体质都很差，还因为幼儿哮喘住过好几次院。母亲不但要工作，还要照顾和也，忙不过来，于是就把长子靖彦委托给当时身体还很健康的奶奶照顾，所以曾经有一段时间，靖彦一直住在爷爷奶奶家里。

病情比较轻的时候，和也也会跑到祖父家玩。有一次，靖彦带他到流经家门口的小河里捉鱼。

他们站在河岸边的台阶上，用绑着网的竹竿捞取聚集在石堤旁的小鱼。哥哥先做示范，简单得一两下就能捞到，等轮到和也来捞的时候，每次就差那么一点点，小鱼们总能顺着网边溜走。等四散的小鱼们重新聚起来，和也重整旗鼓继续捕捞。正当他玩得入迷的时候，身体探出太多，一不小心失去平衡，连人带网掉进河里。

说是小河，实际上深度只到成人腰部，而且因为接近河口，水流缓慢。即使是身体孱弱的和也，溺水的可能性也非常小。但是狼狈不堪的哥哥却一边大声呼救，一边往家里跑。

“其实是我推你掉进河里去的。”

谈论当时情景的时候，哥哥突然说出了一个令人意外的真相。

“原本我是为了吓唬你，轻轻推了一下，没想到你就像多米诺骨牌一样啪嗒一声就从眼前消失了，我吓了一跳，赶紧慌慌张张跑去求救。”

“我明明记得是我自己滑进河里去的啊。”

“那是我当时这样证明的话。我只讲和也掉进河里，没讲我推你。”

“你当时真的打算杀了我啊？”

“怎么说呢，不是故意的。虽然当时还只是小孩子，但因为你我必须离开父母生活，这点认识还是有的，动机很可能就是这样的一种无意识的怨恨吧。”

“因为这件事当时刚刚出院的我又一次进了医院。”

“真对不起。”哥哥敛住笑容正色说，“可你也太容易落水了。”

说到这里，靖彦的脸又恢复到了没有表情时的样子，看起来仿佛有一种找不到自己位置般的惶恐不安。和也莫名其妙地觉得哥哥仿佛正彷徨于逝去的时间中无法自拔。过了一会儿，靖彦淡淡地说：“你还记得咱们图书馆附近的家旁边有一个公共澡堂吗？”

“我记得。”

当时和也一家住在母亲工作的图书馆院内的职工公寓里。那栋楼原本是附近煤炭店的仓库，后来也作为图书馆藏品的临时仓库使用，和也一家就住在二楼。从家里出来步行五分钟就到了公共澡堂，和也同家人每周都要去洗几次澡。

“图书馆和澡堂的中间，有一家水果店。”哥哥熟悉的口吻就像是正在指着一张住宅地图进行解说似的。“和父亲去澡堂洗澡回来的路上，经常在店里买桔子。在有一定斜度的台子上整整齐齐地摆放着各种各样的水果。天花板上垂下来的电灯泡使水果原本鲜红、翠绿、橙黄的色泽显得更加鲜亮。附近的住户家里时而传来三弦的声音，即使是小孩子也能感到一种特殊的情趣。”

“真是相当风流的小孩子啊。”和也小声插了一句。

哥哥若无其事地继续讲下去。

“总之印象比较深的是周六或周日的下午早早就跟父亲去洗澡的那些事情。虽然早上洗澡的风俗早已废止，但还是可以从下午三点开始洗澡。有一次洗完澡回家的路上，父亲跟我说咱们逛逛吧，于是出了澡堂后就朝与水果店相反的方向走了一段，那里有一家以儿童为对象的玩具店。”

“是卖些点心、画片、玻璃球之类的玩具店吧？”

哥哥略点了点头。

“当时我最着迷的是五日元抽一张的抽签游戏。从瓶子里取出签纸，打开后就能看到内侧写的等级。店里的柜子上放着一艘作为特等奖的军舰模型，当时我特别想要。但是能抽到的总是四等奖、五等奖，奖品也只是棒棒糖或软糖，这反而令人对特等奖更加期待。”

“典型的赌徒心理啊。”

“可能父亲从母亲那里打听到了我有这个特别的心愿，所以在进店门的时候悄悄跟我说今天一定要拿到特等奖才回家。我虽然违心地否认了几句，但还是从命开始抽签。可是结果仍旧和以往一样都是四等、五等奖，偶尔出三等奖，但也只是糖果附送的小船。一直抽到第十张，不但没有特等奖，连一等奖、二等奖都没有。渐渐我就沉不住气了，有时偷眼看看父亲，父亲用目光示意继续抽，连店里的老婆婆也很担心地看着我。到了这个地步，就一点乐趣也没有了，抽签更像是一种惩罚或考验。”

“结果出特等奖了吗？”

哥哥遗憾地摇摇头。

“抽到第三十张，瓶子里的签纸都抽光了。”

“结果呢？”

“父亲默默地付了抽签的钱。”

“店里的老婆婆呢？”

“把特等奖给我了。”

“是那艘军舰吗？”

“虽然最终得到了它，但是已经失去了摆在店里时候的耀眼光芒，变成了一件无趣的物品。而曾经那样喜欢它的心情也变得好遥远、好遥远。”

说完这句话，哥哥陷入了长久的沉默。

“这可真是父亲的罪过啊。”和也半开玩笑地说。

“不清楚他当时是怎么想的。”哥哥的口吻好像是终于把长期以来的疑惑说出来似的。

“这可能就是所谓教育性指导吧。”

“也许吧。”哥哥嘟囔了一句回应，“出了店门后，爸爸只说了一句话，抽签真是骗人。听起来半点没有得意洋洋的意思，而是完全一副狼狈不堪的口气。他自己一定也感到很后悔吧。”

“可能是这样的。”

“路上爸爸没有谈奖品的事情，而是说买些点心再回去吧，走进碰巧路过的小店里开始挑选日式点心。”

“这是什么时候的事情啊？”

“大概是父亲去世的半年前。”

第三章 · · · 沉默的照片

仍然是每天都听莫扎特。电视上、收音机里、百货商场的电梯上、购物中心的洗手间、手机的来电铃声……无论在哪个地方都能听到莫扎特这样或那样的作品片段。去年是莫扎特诞生两百五十周年。因为恰好是个整数年，人们仿佛因此而重新发现了莫扎特的魅力。钢琴独奏曲、嬉游曲、歌剧、交响曲、协奏曲等等什么都有。例如《单簧管五重奏》的小广板部分，不但婚礼上在用、葬礼上也在用，甚至小学校的毕业仪式上也在播放这首曲子，沃尔夫盖[4]的旋律简直是万能的。

但是，所有这一切都是片段，从头到尾聆听一支作品的机会并不多。可悲的莫扎特，遗体被埋葬在维也纳的无名墓地，作品

---

[4] 莫扎特的姓，德语全名是 Wolfgang Amadeus Mozart。

被分割成片段，在资本主义经济条件下成为商品和服务的促销手段。很难想象他的版权收入能达到何种惊人的地步，应该不会低于列农、麦卡尼那种火爆的程度。但是阿玛迪斯[5]的妻子却把丈夫的遗体随随便便送进了公共墓地的幽暗地穴里，这简直比犹大对耶稣所做的事还要恶劣。人类欠莫扎特的债是无法计算的，全世界的音乐发烧友也许都是为了偿还欠下这位天才的人情债而生。

丈夫得了酒精依赖症，妻子是否会觉得亏欠丈夫。如果认为自己的不忠导致伴侣酗酒……至少本人好像要这样认为。和也实在无法理解哥哥的酒精依赖症到底是不是因为阳子有外遇的事情。对方好像是以前认识的编辑，可能是阳子当合同播音员时认识的，据说结婚后就没有再见面。可是阳子在丈夫去冲绳工作的时候是一个人在家，而对方也正处于离婚或分居状态，总之夫妻关系并不是很好。

两人在某个熟人的婚礼上重逢。好久不见，喝杯茶吧。好的，那就去吧。当年跟我们一起当编辑的佑香小姐就在前几天结婚了。这样啊。据说他的老公是个怪人，在丝岛钻研陶艺。什么，捏泥巴啊。是的，因此佑香在工作室旁边开了一家意大利餐厅，生意很好。食材都是有机栽培的，特别健康，虽然这种做法现在很常见，不过这家店上了《福冈第一星》杂志……难得今天能见面，换个地方坐坐吧。好的，我知道一家店不错。在高档餐厅喝

[5] 莫扎特的名，德语全名是 Wolfgang Amadeus Mozart。

了酒的两个人开始找地方休息，于是就一起进了中州附近的宾馆。再以后就是相同的流程不断地循环，等过了一个月左右，有些事就真的发生了。

那么真的发生的会是什么事呢？首先哥哥开始过量饮酒，渐渐习惯性的酗酒开始威胁本人的生命，现在正在医院接受治疗。把这一切都归咎于阳子有外遇是很勉强的，牵强附会的理由让和也感觉更像谎言。因为像哥哥那样的男人，因为妻子的外遇就开始酗酒，这个理由实在无法令人接受。与其说无法相信，还不如说不愿意相信。虽然伴侣外遇可能会成为酗酒的导火索，但是和也推断这并不是导致哥哥酗酒的理由，真正的原因很可能另有蹊跷。

如果是自己的话又会怎样呢？和也开始思考这个问题。如果雅美在外面有了男人，偶尔甚至会上床，对自己来说，这种局面确实非常窘迫，可能也会自暴自弃，但是绝不会以酒浇愁。即使是出于报复去找女人，至少也不会自残，因为伴侣不忠就自己伤害自己的身体。当然，也许根本不应该用得失去考虑问题。患上失眠或者忧郁症的时候，和也会接受朋友的诊断，服用一些安眠、镇静类的药物。因为作为牙医，和也是一个现实主义者。患者牙疼的时候，他会毫不犹豫地开止痛药。总之，凡是缓解痛苦，即使是对自己进行治疗，也会优先推荐化学药品。

让和也感到庆幸的是，现在的他无论是安眠药还是镇痛药都不需要。在磨砺独自生活能力的过程中，逐渐掌握了生活的步调。

例如三天洗一次衣服，脏的衣服先放在洗衣机里，第三天的早上放入洗衣粉，按下自动洗涤键。洗涤时间为五十一分钟。等早上的准备活动结束时，刚好脱水结束。天公作美的时候，可以赶在诊所开始营业前，把衣服统统晾晒到露台上。天黑的时候取回来，如果衣服还有些潮的话，可以在沙发上摊开放平，等第二天就完全干了。

谁会想到熨衣服会是这么一件快乐的事，几乎算得上是一种小小的人生乐趣。虽然在和也四十七年的人生当中，并不是没有使用熨斗的机会，但是缠绕在一起的电线却让他觉得非常麻烦。然而雅美所使用的熨斗却是无线的。用的时候把熨斗插在一个像手机充电器那样的装置上，很快就能达到最佳熨烫温度，而蒸汽喷射功能用起来也很顺手，剩下的就是等着晒干看结果了。与牙科医学的进步一样，熨斗的功能也日趋先进，这一点令和也非常感慨。

吃饭的问题是这样解决的。早上还是像往常一样水果、面包、酸奶。中午把昨晚的剩饭剩菜处理一下简单对付。食材的话可以抽空去购物中心买，因为只需要准备一个人的饭菜，所以一周采购一两次就足够了。习惯了的话，三十分钟就能做好饭。两天做一次酱汁，煮剩下的材料可以喂猫吃。

“小家伙，来吃点心。”

“感激不尽，我最喜欢吃这个啦。”

家里养的猫是三年前从购物中心的宠物商店买的，当时才两个多月大，品种是美国短毛。当时店员提醒说为了避免生病或者体质过肥，要尽可能只喂规定的猫粮。也就是说上午十点和下午七点分别喂两大勺爱慕思优卡（Eukanuba，美国猫粮品牌）猫粮（鸡肉·一～六岁用）就行了。

“这看起来好像是宇航食品一样，是不是？”

“嗯？”

“有句俗语说得好，穷人是幸福的。你能把煮汁剩下的材料当作美味佳肴，简直像圣人一样伟大。”

“我可是只猫啊。”

根据和也的想法，人类饱食终日的结果，都会落入消化障碍的陷阱里。与猫粮和煮汁剩下的材料相比，日本人每天吃的东西都称得上是美食。但是如果包括零食在内的一日三餐都吃得这么好的话，“美食”这个概念本身就不复存在了。因为包括味觉在内的一切价值观都是相对的，其结果就是无论吃什么都缺乏满足感，无论吃多少都不满足，就会陷入越吃越饥渴的状态。

不知不觉，和也的晚饭已经吃完。孤独使人思索，这当然不是坏事。斯宾诺莎[6]就是一边磨镜片，一边进行思考的。晴朗的心灵，内省的时间，自由与充实。到了晚上他会心平气和地听听音乐、读读书，然后上床睡觉。就连把用过的碗筷放进洗碗机，按下生鲜垃圾处理器的运行按钮，这些容易被遗忘的事情也逐渐习惯成自然。

[6] Spinoza（1632—1677），荷兰哲学家。

心静即是福，对于和也来说，他没有什么特别的爱好，欲望、热情之类的词汇与他无缘，浓淡相宜的水墨画恰恰可以贴切地形容他每天的生活，或者说已到了法悦（从信仰中得到快乐）的境地，简直就像是一个神父。谈到神父，和也并没有神父朋友，不过，他非常喜欢读爱丽丝·皮特[7]所写的《卡德法尔神父系列》这部小说，并且对书中描述的修道院生活充满了憧憬。当然，不包括那些频繁发生的杀人事件。

关了灯闭上眼睛躺在床上，和也开始回忆哥哥在医院跟自己说的那些话。自己小时候掉到流经祖父家门前的那条小河里的那件事，实际上是哥哥一手造成的。从时间上来说，整件事已经过去了很久，不过既然本人都这么说了，那肯定没有错。然而和也并不打算推翻自己失足落水这个原本在他心中已经认定了的定论。也许在哥哥心里，嫉妒弟弟独占了父母之爱的这种感情是现实存在的，但在认识到这一点之后，可以想见哥哥一定会心存愧疚。由愧疚而产生罪恶感的时候，出现类似把弟弟推落水这种虚假记忆难道不也是可能的吗？

祖父家的房子早在二十年前就已经拆毁了。现在那里是一条空荡荡的马路，已经完全失去了本来的面貌。不过只要愿意花些时间，还是能够回忆起来当初的样子。这个行为现在已成为和也睡觉前的一个小小的乐趣所在。和也不禁为身边那个指责自己活在过去、自闭的人的离去而感到一阵轻松。这让他能够自

---

[7] Ellis Peters（1913.09.28—1995.10.14），英国女性小说家。

由自在、随心所欲地自闭，或是徜徉在回忆中。不想听别人发牢骚，因为谁也没有这个资格。和也作为一名牙医，除了圆满完成本职工作之外，维持着自己健康的生活，甚至还学会了熨衣服，难道还要挑剔什么吗？

外部世界充斥着悲惨与混沌。考虑将来的事情，会让人感到不安，而如果站在整个世界的立场上看未来，则会更加绝望。比如说有消息称，截止本世纪末地球这颗行星的表面温度至少要上升三度。未来将何去何从，谁也无法预料。仅仅环境问题就已经令人无计可施，更何况粮食问题、能源问题、反恐战争等等令人悲观的内容更是多得不得了。当代的年轻人选择不生孩子，这不失为明智之举。因为无论对父母或是对孩子来说，生育的风险都太大了。少子化？和也自己也想不出来别的结论。仅仅是少年犯罪率降低这一点，完全无法让人建立乐观的心态，况且养孩子实际上也没什么乐趣。希望能在一个老人们能够健康安全生活的社会中死去，这难道不正反映了人们真实的愿望吗？喜欢惹事生非的年轻人在自己家附近游荡才是让人无法忍受的……这算什么事？

虽然祖父家的房子是日本传统风格的木结构平房，但在和也的记忆里，祖父家就像掘辰雄的小说里所描写的那样是轻井泽式的现代化风格。产生这种印象，有可能是因为同一排的大都是拥有宽广草坪的洋房。为了融入周边的景观，祖父家外表也装修得非常时尚。涂了白漆的木质大门、贴了马赛克的柱子、顶端装着球形玻璃柱灯，大门左右两侧的低矮围墙用罕见的绿色石料砌成，花坛里种的黄杨总是修剪得整整齐齐。

从河里被救出来的和也，拉着爷爷的手，全身湿漉漉地走进轻井泽式的大门。而那个呼救者、后来自称是凶手的靖彦，则像做错事似的灰溜溜地跟在后面。院子的左手边摆着爷爷精心栽培的松树和杜鹃盆景。两米见方的小池塘对面是一间小仓库。右手边是奶奶种的一小片菜地。祖父家的一切都可以用“小”这个词来形容。小房子、小池塘、小菜地……一条倾斜弯曲的小路把小池塘和小菜地组成的小小的庭院一分为二，小路尽头是小房子的小小走廊。打开印有千鸟格子图案的毛玻璃门，门头上挂的小铃铛就会发出“叮铃、叮铃”的声音，音量小得几乎听不见。

想到这里，和也终于把记忆里祖父家的形象重新拼装了起来。进了走廊，右手边曾经当过小学校长的祖父用过的房间墙上接近天棚的部分，悬挂着那幅天竺葵的油画。画作中体现出中规中矩的塞尚[8]画风，即使是外行人也能一眼就分辨出来。而因为吐血被送到医院，现在正躺在病榻上的靖彦，却不知为何对这幅画魂牵梦绕、朝思暮想。人的记忆有时候实在是令人奇妙莫名。

通过这幅画，靖彦回忆起兄弟俩共同拥有的时间、共同生活的地点。由此对从过去的那个时间、那个地点，乃至一直到今天为止的时光流逝、世事变迁有了更真切的体验。也许在这个世界的某个角落静静地悬挂着一幅画，正是它在我们的一生中，默

[8] Paul Cézanne（1839—1906），法国画家。

默地支持着我们。

每周一次，一般是周日下午，和也都会到母亲所住的公寓探望她。母亲住在石手寺附近的一间三室一厅的公寓里，以前这里曾是雅美弟弟的婚房。房子的产权不变，和也仍是以借住的方式对它进行了重新设计、装修，然后把在故乡独自生活的母亲接到了城里。

和也的父亲早在和也五岁时就不在了，在世时曾当过银行职员。他去世时，哥哥靖彦十岁，和也的母亲也只有三十岁。在市图书馆上班的母亲一直工作到五十五岁法定退休年龄才退下来，把两个孩子送进了大学。退休后，母亲在故乡一个人生活，直到六十多岁都在家乡的小工厂里当事务员。这家工厂主要经营外包缝纫业务，靠雇佣当地愿意打工的家庭主妇来降低人力成本。后来随着母公司把工厂转移到用工成本更便宜的中国，这家工厂也停止了营业，至此母亲长期从事的事务员生活终于被打上了休止符。

且不说经常换工作的靖彦，和也很早就劝母亲搬来和自己一起同住，但是母亲考虑到共同生活会给雅美添麻烦，一直没有离开家乡。直到新房装修完成后，和也再次发出邀请，母亲才以不住在一起为前提，同意搬来和也家附近。虽然离开了家乡，不过与和也家同在一个城市，而且近年来，自从新修了路后，想回老家的话，开车一个半小时就能到达，每年回去扫墓也很方便。

这几年母亲身体不太好，出于健康考虑才她才决定与儿子住得近些。

和也在装修的时候，最大限度地采用了无障碍设计。为了避免装饰材料可能导致的污染，他还特意选择天然的泥土作为墙壁涂料。基于安全性考量，他放弃了使用煤气厨具，而是选择了全电设计的厨房。和也的努力没有白费，母亲在搬进来的时候称赞这所房子"住起来真方便"。现在母亲每周去游三次泳，大多数时候都在附近的市民活动中心跳舞、唱歌。由于这所房子是一楼（共五层），楼南侧有一个属于自己的小院子，母亲在里面种了很多花。

泡茶的时候，和也顺便问了问母亲关于天竺葵油画的事情。母亲把茶壶放平，开始低着头思考，"是啊，会放到哪里去了呢？"

"好像有点印象。"

"画的是一个女了在制作假花。"

"你爷爷有一位非常要好的朋友，是在中学教美术的。那人送给你爷爷好几幅画，里面可能有你所说的那幅。不过想不起来放哪里了。"

"前几天和哥哥通电话的时候，说起这幅画。"

哥哥住院的事情，和也实在不愿提起。

"记得爷爷家里确实有这么一幅画。"

"你们这俩孩子真有意思。"

"爷爷去世时，遗物是怎么处理的？"

“说是遗物，其实没什么东西。”母亲微笑着说，“你伯父、奶奶、我，再加上靖彦也在场，把那些东西都分了。”

母亲口中的伯父是和也父亲的伯父，在高知县当过警察署长，到现在已经八十多岁了，仍然健在。

“都有些什么东西？”

“不是说了没什么东西嘛。”母亲再次强调，“没有什么值钱的东西，只有日本刀三把，据说还比较名贵。但是我不需要那些东西，好像最后两把给了伯父，一把给了靖彦。”

这件事和也还是第一次听说。

“我当时不在吗？”

“当时郁也马上就要出生，你忙得不可开交。好像雅美的母亲也来参加了葬礼。”

“哦，这样啊。”

“没有什么值得分的遗产。”

母亲说完就到院子里去修剪花草了，留下和也一个人，手托着头，胳膊支在起居室桌子上默默出神。这个下午，入梅前的天空格外湛蓝、清彻，看起来也比平时更加高远。

电视机旁书架的最下层摆着很多影集。和也取出几本外皮看起来非常熟悉的摊开在桌子上随意翻看，里面主要是自己小时候的照片。和也出生在一月份一个大雪纷飞的日子。为了纪念那一天，当时还年轻的父亲拍了好几张照片，其中一张拍的是积雪的盆景，雪在修剪整齐的盆景上厚厚地铺了一层。在这张照片下方，用蓝黑墨水写着一句短评：

“和也出生在一个下大雪的日子。”

文笔简直就像一部小说的开头，看到这里，和也不禁莞尔。合上影集，把它放回原位的时候，里面掉出几张未经整理的照片。和也捡起来逐一查看，一共五张。其中三张照的是一个小姑娘，好像是某个邻居家的小孩，而且都拍得不是很清楚。其中一张好像在拍的时候，握相机的手抖了一下，虚焦导致影像变形，另外两张则是重影，不同的景物像鬼影一样重叠在一起，这让小姑娘的面部和表情看起来更加模糊不清。

剩下的两张拍的是祖父。一张也是重影，另一张拍得很棒，对焦很实，构图和光圈也调整得恰到好处。照片拍的是祖父整整齐齐地穿着和服，单膝跪在自行车旁边。拍摄地点是河边家里那间小仓库前面。那是一辆黑色的自行车，后车架比现在的自行车大得多，颇为结实。可能是刚刚做过清洁，整个车身擦得一尘不染，车架上的不锈钢管映着阳光熠熠生辉。

看着看着，在和也的记忆深处，祖父在世时的形象逐渐清晰起来。刚开始只是模模糊糊的影子，逐渐浮现出了细节，最后彻底清晰起来。那是正在对自行车进行检查的祖父形象。先是车座的高度、车闸的松紧，然后是胎压，祖父都逐一亲手调试，最后用手转转脚蹬，再看看车灯是否正常点亮，给链条加点油，经过这一系列步骤才算大功告成。完工后，祖父还会一脸满足地将车把上的车铃“叮铃、叮铃”地按响几声。

再往后就轮到骑车了，但是想到这里，和也却感到异常的困惑，因为他怎么也想不起来祖父骑车时候的形象。虽然祖父和自行车这两个对象在他的记忆里是紧密结合在一起的，但是祖父对自行车的使用仅限于做做清洁，或者洋洋得意地站在旁边，只是些单纯维护、克制有加的行为，但从来没有“骑”过。那么到底祖父有没有骑过那辆自行车呢？应该肯定有过吧，要不然为什么要买它？

但还有一种可能，和也也没有办法完全否定，那就是真的一次也没有骑过。祖父这个人，虽然买了好几根据说是名家之作的昂贵钓竿，可是与到河边、海边去钓鱼相比，他更喜欢待在家里从保养这些工具中获得乐趣。在和也的记忆里，并没有祖父实际去钓鱼的印象。虽然家门前就是一个适合钓鱼的好地方，但是和也只记得祖父坐在垫子上，开心地把钓竿接在一起的样子，还有就是坐在走廊边，一边晒着太阳，一边戴着老花镜，静静地安装细小的钓钩。

真是个怪人。例如，从渔具店买来鱼笼，以祖父认真的性格，他会用楷书细心地写上住址、姓名、购买日期乃至价格。然后就把崭新的鱼笼挂在小仓库里一放就是十年，这种行为该如何理解呢？把钓针、鱼线、重锤、浮子、钓具等等钓鱼的全套工具收集齐了，就连钓饵都亲手做好了，却一次也不用，全留给儿子和孙子们作为纪念，实在是不可思议。

当然，无论以何种方法享受乐趣，任何其他人都没有发言权。

从祖父的哲学理论来看，无论有多么精致的渔具，也不能随便杀生，这也许是他所忌讳的事情。通过制作钓饵、保养渔具，在心之海洋中垂钓，在心之溪流中挥杆，这才符合祖父钓鱼的品味。那么自行车呢？是哪种理由能让骑自行车成为禁忌的对象呢？

“哦，那件事啊。”母亲从院子里回来，注意到照片说，“那是靖彦搞恶作剧时拍的。”

“哥哥拍的？”

“当时才刚上小学。”

“怪不得拍坏了这么多。”

“相机是你爸爸的，他拍得很不错呢。”

母亲解释了几句后，站起来到厨房里把从院子里刚摘的玫瑰花插在花瓶里。和也看着母亲的背影开始询问祖父照片上的自行车的事情。母亲对自行车这件事记得非常清楚，据她回忆，祖父家拆迁时，亲戚们聚在一起整理旧东西，把自行车从仓库里取出来了。

“和新的一样。”再次回到客厅的母亲表情惊讶地说，“虽然都已经过去几十年了，不但毫无瑕癖，连泥土也一点也没有沾上。整个车身都被报纸包得严严实实的。”说到这里，母亲又露出笑容，“真像你爷爷的作风。”

“你爷爷因为脑溢血病倒过。”

“你记得是什么时候的事情？”

“好像是我上中学的时候吧。”

“你上中学的时候啊，那都已经第二次了。”

“第二次？”

“你爷爷刚退休的时候，是第一次，那次症状比较轻微，多少留下了麻痹的毛病。第二次犯病的时候身体右侧就完全麻痹了。虽然努力参加康复训练最后终于能够拄着拐杖走路，但是自行车是肯定骑不了了。只是，也没必要用报纸包得那么严实放在仓库里啊。”母亲反复强调了几遍刚才的疑问后说，“要么送人，要么卖掉不就好了嘛。”

“爷爷第一次发病的时候，我几岁？”

“你那时刚刚出生。”母亲望着和也的目光逐渐变得深邃，仿佛在回忆他当初的摸样。

“原来那以后爷爷就再也没有骑过车啊，怪不得我怎么都想不起来爷爷骑自行车的样子。”

“虽说第一次发病时症状轻微，可因为随时可能复发，所以也加了小心，车就没再骑。医生好像也提醒过不能再骑车。”

“那种状态，钓鱼也很危险喽。”

“要是发病掉到海里的话就不得了了，得了这个病，绝对要离海远远的。”

再往后母亲把自行车的处置情况详细地讲了一遍。好像附近自行车店的人说这个车子已经可以当古董了。这种类型的自行车，在当时无论哪家自行车厂都已经不生产了，而且保存状况良好，品相绝佳。就连大家都敬重的伯父也说：“这是非常有价值的。”我虽然犹豫再三，最后因为没有地方保存，所以还是按照开始的约定送他了。

记忆中总有些意想不到的陷阱。和也一边想着母亲的话，一边开始思考这个问题。明明自以为连细节都记得清清楚楚，却总会连关键的部分都忘掉。爷爷第一次发病时，自己还没有出生，没能实时记住也算情有可原。可是第二次发病时，为什么会对上次发病的情况一点也不了解呢？这实在让人无法相信。医生说明病情的时候，不可能不涉及上次发病的情况，这肯定也会成为家人之间聊天的话题。而当时自己已经上了中学，怎么可能连一点印象也没有呢？这导致自己直到今天为止，竟然完全不知道第一次发病的事情。

和也感到自己对去世的祖父做了一件无法挽回的事情。由于一个信息的缺失，导致自己对祖父的印象出现了这样大的偏差。现在的他已经认识到，自行车和渔具是理解祖父人格不可或缺的一部分。即使有疾病这一不容忽视的理由掺杂在其中，祖父曾经也骑着擦得锃亮的自行车，拿着喜欢用的钓具去过河边、海边钓鱼的。爷爷站在和也记忆的彼岸，遥不可及。从第一次病发开始，从小熟悉的祖父开始出现了。他穿着和服，有时擦擦车，有时在房间里整理下钓具，这就是因为疾病而只能被迫如此维持自己与自行车或钓具之间关系的祖父。

和也再次把注意力集中在照片上。在年幼的哥哥所拍的照片中，祖父把自行车擦得干干净净的，可能心里正在想什么时候能够骑车的日子就要来了。但是第二次病发后，这个梦就彻底破灭了。祖父把车子用报纸包好，封存在小仓库的深处。与其处理掉，他更希望这样做。封存与处理可能存在某种决定性的差异。和也感觉自己逐渐开始理解祖父的心情了。

“这张照片，我可以借走吗？”和也最后说。

“好的，你打算做什么呢？”

“拍得很棒，我想拷贝一份。”

“拷不拷贝都行，你直接拿去吧。”

“最近的复印机性能都很好，放大印出来非常漂亮。”

“这样啊。”母亲随意地答应了一声。沉默了一会儿，母亲用遗憾的口气说，“明子的照片要是也拍好的话该多好啊，那幽灵一样的照片，即使印出来也没用吧。”

哥哥靖彦还是经常打电话来。不过一般都是在晚上九点以后，他收拾完晚饭，想休息一会儿的时间。虽然雅美回老家的事情哥哥应该不知道，可是他来电话的时机简直就像是看透了和也一个人生活的忙碌状况似的。应该是从医院的聊天室或者自己的手机打的。电话中也没有谈什么重要的事情，和也推测哥哥可能是因为寂寞或为了消除不安的心情，希望听听他的声音。

哥哥的声音既不兴奋也不阴沉，除了略显缺乏抑扬顿挫外，还称得上淡定。没有语气急迫的对话，更没有流露出任何可能自杀或者自伤的口风，和也跟着哥哥的节奏，耐心地陪他聊天。哥哥用漫无目的的口吻开始谈住院生活。

“医院的夜晚安静得让人受不了。”哥哥说，“因为过于安静，神经就会特别敏感。”

“听听音乐不就好了嘛。”和也轻松地说，“我记得房间里有便携式 CD 播放器，也可以用它听广播。用较小的音量听听别人说话，心情自然就会平静下来。”

“好的。”哥哥好像赞同和也的建议。

“下次我带些 CD 去看你，能舒缓情绪的那种。”

“戴上耳机的话，总觉得会漏掉什么重要的事情。”哥哥用奇怪的口气说了句不能称得上理由的理由。

“什么是重要的事情？”

“其实也没什么。”

“我不觉得会有什么听漏了就会有问题的大事。”和也笑着附和说，“即使是有，谁也不会因此而责怪哥哥你的，因为是大家睡觉的时间嘛。”

哥哥没有回答，陷入了沉默，和也也耐心地等着。

“最近我总是在想过去的事情。”哥哥打破沉默说了一句，“不知为什么，自从我住到这里来，总有这种感觉，过去的事情都开始显得那么亲切，感觉就像是过去的时光向我打招呼似的。”

哥哥停下话头，过了一会儿继续说。

“记忆真是个奇妙的东西。年轻时非常喜欢的奇闻逸事，随着时间逐渐褪色，反倒把一些琐碎的小事当宝贝一样珍视。夜里，静静地躺在床上，闭上眼睛但睡不着的时候，各种事情包括细节都像放电影一样一幕幕回忆起来。”哥哥的口气好像是在自言自语，好像突然想起来什么似的问和也：“和也你还记得奶奶的衣柜吗？”

“衣柜？”

“因为房子很小，所以没有奶奶单独的房间。”哥哥边想边说，“既是客厅也是餐厅，反正就是一对老人吃饭、看电视的那个小房间，也可以说是奶奶的房间。我寄住在祖父家时，厨房没有铺地板。铺着瓷砖的洗碗池旁边有两个大灶台，我记得奶奶在那里烧柴做饭。”

“应该是昭和三十年（1955年）左右的事情吧。”和也附和道。

“孩子们中间悄悄地流传着这样一个故事：某户人家做饭时，没注意灶台里还睡着一只猫，结果不小心把它给烧死了。想必当时烧柴做饭的人家数量很多。”

“感觉好像是上一辈子的事情。”

“房间和厨房中间有一个大的水房。格子柜的每一层都装有拉门，里面整整齐齐地放着茶碗和大大小小的盘子、茶杯。我用的塑料碗和筷子也放在里面。因为柜子两面都是拉门，所以无论从房间还是从厨房都能自由取用。有趣的是，因为最上面一层是纱门，所以奶奶把咸菜、吃剩的饭菜都放在里面。水房旁边有一个入墙式的旧衣柜，这是奶奶专属的家具。我当时虽然年龄很小，但也知道它不是一般的东西，应该是奶奶结婚时的嫁妆。因为战争中房子曾经被烧毁过一次，所以大家都以为老东西一件也没留下来。”

听哥哥讲话的语气，仿佛祖父一家，包括河边的房子，直到现在仍然在宇宙的某个角落存在着。

“最下面一层，忘了是左边还是右边，是我专用的抽屉。”哥哥继续用回忆遥远过去的口吻讲道，“奶奶为孙子特意留了一个抽屉。这样一来，我就可以把从家里带来的玩具、央求爷爷用筷子做的枪、用鱼糕板做的船等都放在里面。我当时有个癖好，喜欢把捡来的橡树籽、贝壳、钥匙、徽章、旧币、铜顶针等等都一股脑塞在里面，里面甚至还有河里抓来的小螃蟹。”

“小螃蟹？怎么放这种东西？”

“我本来打算养的。”

“真的好幼稚啊。”和也笑了起来。

“后来就忘在了里面。”

“那后来呢？”

“几天后，奶奶在打扫卫生时无意中打开了那个抽屉。可能是看到屋里屋角里摆放凌乱的玩具，准备它们归拢归拢，放回原位。”

“螃蟹跑出来了？”

“干得像个烧饼。”哥哥得意地说，“从那以后，奶奶再也没有收拾过那个抽屉。”

“精神受打击了。”

两人笑了一会儿，哥哥突然停住话头仿佛自言自语般地嘟囔了一句，“那个柜子，到底弄到哪儿去了呢？”

两人再次陷入了沉默。

河堤边的家连同祖母的柜子都已远去的错觉，正在慢慢腐蚀和也，遗忘所带来的失落一时间弄得他失魂落魄、精神恍惚。时钟已经指向十点。不知不觉两人已经聊了快半个小时。是时候说再见了，但和也的内心总觉得好像忘了问什么。

“啊，对了。”

和也终于想起祖父相片的事情，就把从母亲那里打听到的，哥哥小时候摆弄父亲照相机的事情原原本本地告诉哥哥。

“有这样的事情吗？”哥哥的口气好像不太相信。

“照片为证。”

“不记得照片这回事儿了，不过对于父亲的相机我倒是印象深刻。”话筒里传来哥哥无比怀念的声音，“那可是当时最新型的双镜头反光照相机，暗盒前面的两个镜头，一个用来取景，一个用来成像。调整其中一个镜头的焦距，齿轮会带动另一个镜头联动。对焦容易，谁都能够拍出清晰的照片是它的一大卖点。”

“但拍坏的照片还是很多。”和也戏谑地说。

“那是因为忘了上卷。”哥哥一本正经地回答，“当时的相机不上卷也能按快门，所以才会出现两张照片的影像重合在一起的情况。”

“就是因为这个，姐姐的照片才拍得像幽灵一样啊。”

气氛一下子变得凝重。过了一会儿哥哥突然开口问道：“有明子的照片？”

“开始认不出是谁，是母亲告诉我的。”

“当时几岁？”

“你问姐姐的年龄？可能能有三岁吧。照片上看起来好像是这样。”

“换镜头、对焦、上卷……真不可思议，我明明连相机的用法都记得清清楚楚的。”

哥哥失望的口气给和也留下了很深的印象。

“竟然把明子照片的事情忘得一干二净。”靖彦最后惆怅无比地嘟囔了一句。

第四章・・・灵魂的平静

和也偶尔去美国参加学术会议。美国的城市留给和也最深刻的印象是这里高收入阶层与低收入阶层所居住的区域，即使是同一街区也分得清清楚楚。一边是精品店与高档餐厅鳞次栉比的奢华气息，另一边却是涂鸦遍地、满目荒凉的景象。从金融家模样的成功绅士们散步的公园走几个街区，就到了连大白天都可能发生危险的偏僻街道。

根据时下的评论，日本也正在朝美国式的两极社会方向发展。日本已经成为以服务业为中心的社会，就是其中一个原因。经济全球化所带来的价格竞争，导致企业不得不把生产线转移到人力成本更低的国家。这样一来，富余劳动力只能由快餐店、零售店等服务业吸收。从供需关系上讲，这是一个明显的买方市场，而且由于非正规雇佣关系的扩大，极大地增强了劳动力市场的流动性，这导致劳动力被金钱彻底榨干。

举个非正规雇佣的例子，时薪七百日元，即使每月三十天全勤，一年的收入也只有两百万日元。如果要送孩子上大学的话，即使是公立学校，不算入学费用，至少每年五十万日元的课时费还是要交的。也就是说单从经济角度讲，低收入阶层的孩子想上大学是非常困难的。而且低工资所引发的长时间劳动，也会导致育儿环境的恶化。儿童从小开始，在家里的时间就一个人度过的话，无法保持有规律的生活，边吃垃圾食品边看电视的习惯很容易诱发肥胖。学习能力方面，恐怕也不容乐观。低收入产生低学历与生活习惯病，贫困就这样由父母传给后代。

和也认为自己家绝不能这样。因此早在“食育”这个词还没有出现的时候起，他就以早睡、早起、吃早饭为宗旨，特别关注孩子们的身心健康。孩子们上小学的时候，坚决禁止他们进游戏厅和商店街，就连电脑和手机也都是等上了高中才买给他们。找尽一切机会，培养他们音乐和体育运动方面的爱好。结果怎么样呢？现在，和也的长子在自己的母校上大学，念的也是牙科医学，将来很可能会继承自己的诊所。次子虽说上的是地方大学，但是同样选择了学医这条路。和也认为自己在育儿这方面做得很成功。作为父母，他已经把孩子们将来陷入贫困化的可能性降到了最低。可以毫不客气地说，和也无论是作为牙医，还是作为人父，都很称职。

那么作为丈夫，他怎么样呢？和也本身是一个非常正直的人，既不玩女人，也不赌博，甚至连酒都很少喝，但他绝不是个很无趣的人。虽然他不想成为一个危险的男人，但也绝不像水豆腐那样完全没有嚼头。和也一直认为水豆腐是这个世界上最没有嚼头的食品。和也的人缘很好，朋友很多，无论同性异性，甚至连上了年纪的病人也都很喜欢他。抛开好恶的问题不论，和也的形象也无可挑剔，性格也不错。如果具备了这些条件，一般的女人应该都很满意吧。

在同行中，有的人甚至有这样一种想法，牙医的妻子对能当上牙医的妻子这件事本身就应该感到满足。即使丈夫不令人满意，但自己是个牙医的妻子这件事本身就已经非常令人满意了。也就是说，这些女性只要能当上牙医的妻子，对丈夫的不满都可以忽略不计。和也自己虽然没有这样想，但也希望自己的妻子不要感到不满。但事实却令人惋惜……

雅美有一次来电话时，刚开始只是聊聊天，但谈着谈着就不对劲了。

“你打算怎么对我啊？”雅美那边传来了啜泣声。

“你说怎么对待……”和也感到非常困惑。

“不担心我吗？”

“当然担心啦。”

“那为什么连电话都不打一个。”

“我以为你也很忙。”

“就只有这点关心吗？我可是两个月都不在家了。”

是啊，已经过了两个月了，和也忽然意识到时间竟过得这样快，不知不觉妻子离家已经这么久了。虽说分别的时间是久了点，但也不应该为此指责自己。雅美两个月都不在家住，她更应该说对不起，因为广岛到松山两个小时就能来回。无论怎么找母亲身体不好、需要照顾这样的理由，至少一周回一次家的时间总还是有的吧，为什么她不想想这些呢？

“你打算怎么对待我呢？”又被妻子抢了先。

“希望你能早点回来。”

和也这话听起来有些言不由衷，但他并没有说谎。被妻子问“担不担心我”，他可以诚实地回答“担心”。如果她问“打算怎么办”，他也可以毫不犹豫地回答“希望你能早点回来”，这里面半点虚情假意都没有。但是雅美所顾虑的并不是这个问题。她伤心的是只要自己不问，如果不义正词严地质问和也的话，他什么都不会做。她就像干涸的沙漠期待雨水的滋润那样，热切地期待着丈夫能主动为自己做点什么，但是丈夫的心里却完全缺乏主动性。这才是最令雅美苦恼的问题。

实际上，和也真的不打算做些什么。他也想不到自己该做些什么。他就打算等着妻子回家，即便是一年、两年，他也会心平气和地一直等下去，或者说单凭“等”这个词就已经反映了他的真诚，这本身就具有主动的、积极的意义。但是，他并不是在等妻子回来，或者说不会去“等”眼前没有的人。只把眼前的人看作是真实的存在，不在眼前的人则被遗忘，也许这才是问题的关键，和也自己也觉得这真的是个问题。

听起来简直匪夷所思，妻子竟然向自己这个当牙医的丈夫提出了离婚。和也把自己的朋友数了一遍，谁也没有遇到过这样的事情，这明显不合情理嘛。为什么自己会遭受这样的磨难呢？和也困惑了，自己既不酗酒也不沾女人，赌博更是碰都不碰，老实本分地做着牙科医生的工作。包括雅美在内的现代人真是欲壑难填。有一句话说得好，人常追求那些不必要的东西，只要能停止这种做法就能获得快乐。

衣、食、住这三者都已经得到满足，暂且应该感到富足，不是吗！拿出爱情或者心之羁绊之类肉麻的东西，会让双方都感到痛苦。真的应该学学意大利人那种爱工作、爱母亲、爱睡觉的简单生活态度。且不论意大利人是否将其付诸实践，至少自己对母亲的爱还远远不够……总之，这就是问题所在。

实际上和也完全弄不明白妻子现在的心思。就像雅美不理解他一样，他同样也不理解妻子雅美。怎么会这样？那么今后该怎么办？从牙科医生的观点来看，一旦患上龋齿，一辈子都治不好。牙周病是无法复原的，那么爱情会怎样呢？能否治愈呢？也许爱情也有自愈能力。

五月末，刚刚从综合医院出院回家的哥哥靖彦，去公司把积压了半个月的工作处理完并办理好交接，于六月底再次住进位于长崎的一家医院，接受针对酒精依赖症的专门治疗。据阳子说治疗项目主要以包括劳动疗法、饮酒危害相关教育、禁酒会在内的集体疗法为中心，综合内视疗法、家庭会议等方案，进行综合性的康复治疗。虽然要求住院时间长达三个月，幸运的是，靖彦现在担负的职务非常轻松，属于不直接接触业务的闲职，近乎退休状态，可以很方便地接受治疗。

虽说酒精依赖症是一种疾病，可具体症状只是过量饮酒而已，这导致患者和家属都很难获得对这种疾病的正确认知。靖彦这种情况，只是出于身体症状考虑需要进行治疗而已。如果换成龋齿治疗的情况，“到底是哪颗牙”“损坏到了哪种程度”等等问题都必须搞清楚。而酒精依赖症，根据字典上的解释，这是“一种通过本身意志无法控制饮酒活动，被迫反复进行饮酒行为的精神疾患”。不像胃炎、肝硬化等身体疾患，能够利用X光、内视镜、生物切片检查等手段精确把握病理状况。对于“精神疾患”来说，外部表现出的幻觉、妄想等都可以称之为精神疾患，而精神疾患是人的内心罹患的疾病。真不知道医生是如何把存在于患者内心深处，看不见摸不着的疾病治好的。

和也略带自嘲地认为自己和哥哥是一对难兄难弟。弟弟的妻子离家出走，哥哥得了酒精依赖症。所幸牙科医生的行医执照不会因为妻子离家出走而被吊销。说到行医执照，只要不犯大错，是不会被吊销的，甚至可以说，这个东西想让它失效要比取得它难得多。即使是因为医疗事故导致好几名患者死亡，所获的刑罚也只是短短几年的停业处分而已。医师协会对于内部人员是非常宽容的，这是毋庸置疑的事实。和也甚至可以在被誉为医学之父的希波克拉底[9]的名义下面对审判长宣誓。

那么日本放送协会（NHK）的情况如何呢？留给和也的印象是外表光鲜，内里冷漠。虽然酒精依赖症的医治没什么问题，但是作为职员会怎样呢？特别是现在这个时候电视费用支付率偏低，危机感日益严重，哥哥的工作想必并不那么轻松。曾经有议员在国会上提出过支付率偏低的议题。支付率低是低，至少也有 70%，这个问题由投票率只有 30% 就当选的议员提出来，听起来别具讽刺味道，当然，现在不是看戏的时候。也许哥哥真的有心病，可问题是心的哪一部分，得了什么病，又病到了何种程度呢？

和也思考着这一问题。虽然一般认为人和其他动物相比更容易适应环境，但是那只是依靠技术强硬地适应。随着环境的变化而受到的负荷可能以某种形式在体内积蓄着。由于搬家或工作调动而引起牙周病迅速加重的病例，他已经见过好几例。可能是因为身体的免疫力由于精神压力而降低造成的。从青森到冲绳，每隔几年就在全国各地来回调动的兄长即使本人没有意识到，精神压力也肯定已经相当严重，就像不断加重的牙周病一样，

[9] Hippocrates（约公元前 460- 约公元前 370），古希腊医师，称医药之父。

在人眼看不到的地方吞噬着哥哥的心灵。

拿起话筒前和也就已经猜到是哥哥打来的，因为电话铃声很有特点。哥哥直到拿起话机还在为打不打电话而犹豫不决，这一点从铃声就可以判断出来。和也当然明白这只是一种错觉，但即便意识到了这一点，从耳边传来的哥哥的声音中仍然能听出犹豫。

“嗯，是我，这会儿方便吗？”

哥哥的声音充满睡意，开场白还是老样子。和也主要是听，偶尔也附和几句，基本上是做听众的角色。如果暂时没有话题，就耐心地等待。站在对方的立场考虑，这就像深夜走进便利店，虽然想找人说话，但是跟店员是万万开不了口的。况且其实也并不想打扰谁，只是希望能在有人气的店里静静地读读杂志，看看狭小的店铺里密密麻麻摆放着的各种商品，消磨消磨时间就可以了。这种低调地打发时光的做法，想必谁都有过。

“和也，你还记得奶奶假牙的事情吗？”哥哥一字一顿地边想边说，声音小得好像就要睡着了一样。完全出乎和也的预料，哥哥怎么会突然提起奶奶假牙的事……“年纪已经很大，去看望她的时候，她嘴巴里面总是有点异状。”

“好像是啊。”和也茫然地回答。

“到底里面是什么东西呢？”哥哥继续讲。

“是什么啊？”

“我觉得奶奶的假牙在嘴巴里是活动的，可能舌头或者下颚稍微一动，它就脱落了，不过很容易就能再装上。这都已经成为一种下意识的习惯，不过这样也蛮好的。”

“不过这样一来，义齿原本的功能就不复存在了。”和也故意用专业人士般的语气配合哥哥。“从专业立场出发，这不能不让人怀疑，安装假牙的医生在技术上是不是也存在问题。确切地说，就是要看基托安装是否稳固，卡环附着是否牢固。”

“吃东西或喝水时一不小心吞下去的话，还会有生命危险呢。”哥哥总结性地说道。

“没错。”

“无论从哪方面去考虑，这种假牙都很危险。”哥哥得出了结论。

“事到如今，我们做什么都无济于事，因为奶奶已经去世好多年了。”

和也突然觉得自己讲的话很可笑，不自觉地笑出声来，哥哥靖彦却不觉得好笑。

“你记得打扫走廊和榻榻米的时候，奶奶经常把茶叶末撒在地上的事情吗？”哥哥再次陷入回忆。

“朦朦胧胧有这个印象。”和也回答。

“这种做法在小孩子看来很奇怪。奶奶把茶壶里的茶叶取出来撒到地上，感觉像疯了似的，又仿佛返老还童一样。不知道的还以为她是在做法诛魔驱鬼，小孩子总是那么疑神疑鬼。可随着奶奶去世，这种特殊的扫地方法也失去了继承人。”哥哥还是那副特别怀念的语气。

“现在都用吸尘器了。”和也安慰哥哥般地插了一句，“有DUSKIN（乐清）等几种品牌。”

“一定有很多东西都伴随奶奶去世一并消失了，很多东西一旦失去就再也找不回来。”

这话在和也听来，与其说是为了失去本身难过，还不如说是因为自己一个人被世事的变化所遗忘而感到悲伤。哥哥的语气让人感觉仿佛他就是一个因为被留在原地而感到空虚、寂寞的人。

“一个人的死，意味着那个人所代表的传统与文化都一并消失。”哥哥仿佛自言自语般地说着，“失去得太快，很难记清楚存在时的情形。我现在除了当前的事情，其他什么都想不起来，感觉失去了归宿。这种不安的情绪也许与此有关。”

祖母去世的那年，是和也的次子俊彦出生的那一年。葬礼是和也自己一个人去的，雅美因为妊娠反应比较严重，留在广岛没有参加。祖父去世的时候，河边的房子租给了别人，祖母寄住在位于高知县的伯父家。虽然当时她已经八十多岁了，可是精神依然矍铄。不幸的是有一次夜里上厕所时，摔断了腰骨，被伤痛夺走了生命。

“总是在念佛。”耳边悠悠传来哥哥靖彦的声音，“南无阿弥陀佛、南无阿弥陀佛地念个不停，就像一种口头禅，这种声音在孩子听来非常怪异。”

“是啊。”

“完全听不懂说的是什么，而且从没听身边的人说过。可以说绝无仅有，仿佛是另一个世界传来的语言。”

“反正老年人念佛的声音，对小孩子来说就是外语。”和也牵强地找了个例子来说明。

这招致了靖彦的强烈反驳。“这跟外语不同，更像是另一个世界传来的语言。对小孩子来说，语言都对应着具体的事物，小狗、小猫、汽车……而南无阿弥陀佛是找不到对照物的。天马行空地想象一下，有些令人害怕，也很有意思。小孩子能猜得到这是一个与神佛有关的概念，不知不觉脑海中就会浮现出像大佛那样奇特的相貌。我想谁都不会希望这辈子遇到南无阿弥陀佛吧。”

和也不禁笑出声来。

“我曾经以为是咒语呢。”和也轻声附和，“感觉和变变变或者急急如律令是一种东西。”

“确实非常像咒语。”哥哥的语气缓和下来，“上学的时候，有个朋友参加了圣经研究会的活动。我试着读了下他所推荐的《圣经》，当时就想这也许是伟大的作品，但也体现了人类的疯狂，特别是旧约部分表现得最为明显。而奶奶所念的南无阿弥陀佛虽然称不上伟大，但也与疯狂不沾边。”

哥哥靖彦又滔滔不绝起来。

“最近我时常在想对于奶奶来说信仰到底是什么呢？奇怪的

是完全记不得奶奶面对佛龛专心念佛的样子。对着供有亲栾[10]大师画像和几个战争中死去亲戚照片的佛龛，奶奶每天毫无例外所做的事情就是简单地擦拭、焚香，并用院子菜地里采来的小花装饰一下而已。但在周围人中，只有她让我感觉到信仰的伟大。”

“我认为她的生活无疑是以念佛为中心。”哥哥静静地想了一会儿，慎重地说，“只是大多数情况下，只是打扫走廊，或者在客厅看电视的时候，在漫不经心的日常活动中，像口头禅那样小声念一下。就好像两个动作之间的转换一样，南无阿弥陀佛、南无阿弥陀佛地嘟囔，好像这些佛号既不希望别人听见，也不想让自己听见似的。与其说它发自一位老婆婆口中，更像是一种自然现象，就像沙滩上不断涌来的波涛，或者是河底砂石间轻轻涌起的河水一样。”

讲着讲着，靖彦语气中的感情色彩逐渐褪色，渐渐流露出浓浓的倦意。

“每次一想到死去的人，就感觉自己的灵魂好像要飞升了一样，你有没有遇到过这样的事？”哥哥问话的语气仿佛他的心已经飘了起来。

“是啊。”和也顺势回答。

“我猜奶奶一定也是这样想。”哥哥自言自语地讲了起来，这让听者更难跟得上他的思路。“对她来说，信仰既不是佛龛也不是大师的画像，如果真的有净土这个地方，那些死去的人，虽

---

[10] 亲栾（1173—1262），日本佛教净土真宗初祖，镰仓初期的僧人。

然人已经死去，但肯定是以一种并非虚无的状态一直存在于某处。我觉得他们说的话从那里传来，被奶奶听到了。当然并不是那种明确的话语，因为死去的人是不会说‘我永远守护着你’那种通俗的话的。一定是某种意思不明的唧唧喳喳之类的声音传到了奶奶的耳朵里，而念佛就是那些死者的声音接触到奶奶的身体所发出的模糊的音色。也许那声音就是回答他们的奶奶灵魂深处的声音……南无阿弥陀佛、南无阿弥陀佛。”

不知从什么时候起，和也感觉自己也开始倾听起自己灵魂深处的宁静之音。在与信心相隔很远的地方，心灵象征着一种虔诚。虽然感觉很难听懂，不过那些难懂的话一字一句都静静地飘落到了他寂静的心灵深处。

“奶奶有一件白色衣服，和也你听说过吗？”靖彦平静地问着。四周一片寂静。

“没听说过啊。”和也肯定地回答，“到底是怎么回事？”

“奶奶去世后不久，亲属们聚在一起整理遗物。从壁橱里取出一只旧行李箱，打开盖子发现里面不知什么时候已经整整齐齐地准备好了一袭白衣。”

“真像奶奶的作风。”

哥哥靖彦在电话那头好像点了点头，接着他用像一只就要离去的猫回头一探的轻微呼吸声说道，“关于奶奶还有一件难忘的事，在白衣的里面夹着一个笔记本和一块手帕。”

“怎么今天说的事情，我全都被蒙在鼓里呢？”和也不由自主地抱怨道。

“战争中死去的姑姑的事，和也想必也听说过吧。”哥哥靖彦仿佛在安慰他。

“是叫明子吧，算起来应该是父亲的妹妹。”

“应该是她的遗物。”

日本战败的那一年，街道遭到多次空袭，祖母拉着当时只有五岁的女儿的手，冒着大雨东躲西藏。在一片混乱中，小姑娘掉进溢满水的下水道，失去了幼小的生命。就是这个命薄如纸的少女的遗物，奶奶直到战后三十年以后，还妥善地保存着。

“可能打算全都带走吧，到那个世界、那净土……”和也毫无把握地说着。

“不收拾的东西就不用收拾，不收拾也能保存下去。”哥哥靖彦像猜谜语般地答非所问。

“可能是非常珍惜的东西吧。”和也恰到好处地回答。

“找到的笔记本和手帕，虽然已经褪了色，但是一点也没有被虫蛀过的痕迹，可想而知保存的人平时花了多少心思。”哥哥靖彦用平淡的语气补充了一句。

至此和也又弄明白了一件事。河边的房子里，不仅住着爷爷和奶奶两个人，还有另外一个“人”也住在那里。原本会成为他姑姑的明子，被时间的长河所阻挡，以五岁少女的形态，一直悄悄地生活在那里。

第五章 · · · 失去的小街

暑假的时候，侄女宽子来了。和放春假的时候一样，母亲把她送到门司港，然后由她自己乘高速轮渡过海。这回是她打算长期渡假，来的时候学习用的课本和玩具等东西把一个旅行包撑得满满当当。虽说这次旅行也是宽子本人的愿望，由于和哥哥的治疗时间相重，就带有紧急避难或者说躲避麻烦的意思。好像送宽子来前，阳子打电话把这之前的大体情况告诉了公婆。至于自己外遇的事情有没有说就不清楚了，但似乎已下定决心来应对伴侣的病魔。

原本阳子认为是自己的不忠导致了丈夫酗酒，但是和也却觉得事情不像阳子想象得那么简单。因为在这个纷繁复杂的世界，谁都有失去理智的时候。只要是人，很少没有故事的……这种说法可能有些可笑。也就是说，阳子想从自己所经历的简单故事出发，去理解为什么丈夫会陷入酗酒的泥沼，结果是她以自己背负罪恶感为代价，把丈夫留在了身边。但实际上，哥哥靖彦所处的位置也许超出了自己和阳子所能理解的范围。他正在一个遥远、孤独无靠的地方，一直彷徨于不知出口的恐怖和不安之中。

宽子来后的第一个星期天，和也带她去市内的海滨浴场玩。虽说海水很脏，沙滩也不干净，但是海边小屋、西餐厅等设施一应俱全，附近还有游乐场可以让孩子做游戏。

“今天要堆一个超级大的城堡。”和也神采奕奕地提议。

“弄那个有意思吗？”宽子用怜悯的眼光看着摩拳擦掌的和也。

“堆着堆着就会有意思了，快来帮忙。”

“好的，不过要说清楚，我是帮叔叔堆才堆的，并不是自己喜欢堆。”

“没问题。”

租了一间海边小屋，和也和宽子走上沙滩，深吸了一口海边的空气，里面充满了防晒霜和烂西瓜的味道。潮起潮落间，很多年轻男女跑来跑去打沙滩排球。海水浑浊不堪，仿佛一面被打湿的蓝色幕布无边无际地向天际展开，颜色浓得让人怀疑里面是否有毒。

他们开始堆沙子。和也回忆起在孩子们小的时候曾经带着他们两个一起堆沙堡。孩子们挖开一条水渠引来海水，灌入沙堡周围的护城河里，就在这个宏伟计划即将大功告成之际，突然一个大浪袭来，海水疯狂涌入，好容易堆成的沙堡瞬间就被破坏了大半。可是孩子们不但没有不开心，反而为骤然而至的天灾而欢欣雀跃。

那时的快乐，在与侄女玩耍的时候，在和也心中逐渐苏醒。这让他突然感到一种强烈的愿望，特别希望见见亲人。很想再看看跟现在的宽子差不多年纪的郁也、俊彦的笑脸，还有年轻而充满朝气的雅美的面容。当然，这是办不到的，这一点和也非常清楚。他就像在向亲人的仇人复仇似的用力挖沙，转眼间一座巨大的沙堡就堆成了。

“还要在上面建一座高塔。”

和也继续奋力堆沙，宽子停下手里的活儿，呆呆地看着他。

“怎么了？”和也问道。

“叔叔有烦恼吗？”

和也一时语塞，无言以对。

“宽子有烦恼吗？”

“当然啦。”宽子的声音听起来有些带刺。

一边继续堆沙，和也略显严肃地说道，“叔叔也有烦恼，但是可以暂时选择忘记。忘掉烦恼才能和宽子开心地堆沙堡，因为叔叔是大人嘛。”

“大人真狡猾！”宽子望着波涛汹涌的远方。

和也手里不停，内心开始推测年纪尚幼的侄女的心思。她对大人好像抱有一种不信任感，或者说有一种难以言说的厌恶……反观自己，好像还没有这种体验就已经长大成人。在学校里也从未尝试过反抗老师，从大人们的眼光看来，自己是个很容易带的小孩。

等开始讨论前途的时候，自己已经决心当一名医生。也许从小失去父亲对自己冲击很大，也可能是某位亲戚给自己的灌输，你头脑灵活适合当医生，不但受人尊敬，赚钱也多云云……应该不是母亲，因为母亲对于儿子的未来基本上不过问，只是默默劳动，提供学费和食宿费，任劳任怨地悉心照顾孩子。在当时看来，只要能让母亲开心，经济上宽裕，当医生是一条很实际的路。

就这样，自己成了一名牙科医生，但并没有脱离幼年时期描绘的未来之路。粗略地算一下，和也对现在的自己很满意。做着有意义的工作，拥有稳定的收入，孩子们也都很有出息。在他人看来，可谓枝繁叶茂，是一棵欣欣向荣的大树。但是树干里面到底是什么情况，外人就无从了解了，就连本人也有注意不到的地方。也许自己的内部已经被蛀出了一个大洞，这个念头在他脑海里一晃而过。

“怎么啦？”宽子满脸困惑地望着和也。

“在想事情。”

“叔叔是在想烦恼事吗？”

“也许吧。”和也重新扒起了沙子。

要说对大人的不信任感，或者说难以言说的厌恶，和也认为，当前的情况最为严重。自己已经长大成人，所谓当前的情况……也许就是对于已经成为大人的自己所抱有的那种不信任感和厌恶感。

“叔叔小时候，放暑假时每天都和宽子的父亲一起去钓鱼。”和也换了个话题，希望能改变一下气氛。“有的时候还骑上自行车，大老远地跑到海边的半岛上。”

小姑娘一脸不感兴趣地听着。和也接着又讲：

“有一天，叔叔钓到了一个很吓人的东西，你猜是什么？”

“尸体。”宽子的这个回答是她内心对大人的拼死的反抗。

“真遗憾，差一点。”

“只差一点吗？”

少女的目光开始熠熠发光。

“猜不到了吧？”

“等下嘛……”

在宽子这个年纪的小孩都是孤独的，而且她们也不知道该如何应对孤独。朋友们也想不出什么解决的办法，因为她的那些朋友跟她一样孤独。虽然大人们会说“真好，你有朋友了”，但是作为朋友的两个人各自被自己的孤独所困扰，就像现在的我们一样。要想让我们从令人窒息的孤独中解脱出来，最好的方法就是在眼前放一个谜语，即使它很无聊。也许正因为如此，我们才会玩猜谜语的游戏吧。

“我投降。”

“答案是一个塞子。”

“啊？”

“塞子，就是用来堵浴缸出水口的那种。”

“什么啊，根本猜不到。”少女对这个答案很不满。

“那可不是普通的塞子。”和也好像没听到宽子的抱怨，继续说道，“是堵海水用的像窨井盖一样的大家伙，重得不得了。我都以为钓竿快要断了，我把它钓了上来。最惊慌的是你的爸爸，他说‘和也，瞧你干的好事，赶快把那个东西放回去！’眼看着海水就减少了，照这个速度，海水流干也只是时间的问题。我们赶紧潜到海底，把海底的排水口堵上。因此而逃过一劫的大海，今天还是这样广阔，哈哈！”

“我能问个问题吗？”

“请吧。”

“您是在开玩笑吗？”

“不好笑吗？我家的猫觉得这个故事好笑极了。”

“猫？黑丝吗？”

“是的。”和也微笑着说，“这只猫能听懂笑话。”

宽子跟和也一起笑了起来。这两个人互相看着对方，就像同伙那样开心大笑。人类真是一种奇妙的生物，喜欢猫却可以若无其事地吃掉牛、猪等动物。和也想到这里，突然觉得自己和侄女有一种血肉相连的感觉。自己与这个孩子是连在一起的，和也对这一点很有自信，因为自己并不是宽子口中所说的狡猾的大人中的一个。可以说充满自信的大人，是与之完全不同的。

午饭是在海边的西餐厅吃的，宽子要了汉堡包，和也则是海鲜意大利面。店里的电视正在播放日文说唱歌曲，奇装异服、身长腿短的歌手油嘴滑舌地唱个没完，和也实在看不下去。

“好吃吗？”

“嗯，好吃。”

无疑是在撒谎。一家播放腻歪至极的日语说唱歌曲的餐厅，怎么可能做出美味的汉堡呢？单凭和也吃的意大利面超乎想象的难吃这一点，猜都能猜出来。

“爸爸总是关注事物的阴暗面。”

和也抬起头，发现侄女手里拿着啃了一半的汉堡包，睡眼惺忪地望着自己。

“是妈妈说的吗？”

“反正不是我。”

“那是谁？”

“外婆，住在福冈的。”

原来是阳子的母亲，和也明白了。

“还有谁这样说过？”

宽子脸色一沉，教训着和也：“哪有这样没完没了打听别人家事的啊！”

“说得对。那我出个谜语吧，奥特曼的年龄是多大？”

“这算哪门子谜语啊！”

“不知道吧？”

宽子根本不理。

“正确答案是十八岁。因为他每次起飞的时候都会喊‘啾、哇、嘁……’，就是日语十八的意思。”

“这个问题好傻。”

下午余下的时间里，和也和侄女玩了沙子埋人的游戏。浅浅地挖个坑，让宽子躺进去，头下面垫个游泳圈。从脚到头一点点把人埋起来，就像挖掩体一样。和也记得以前好像看过一部类似的电影，内容讲的是一对男女在沙丘上挖个深坑生活什么的。

“宽子，有没有喜欢的男孩子呢？”和也像唠家常似的谈起这个话题。

“怎么想起来问这个呢？”

为什么这样问？还不是希望能通过分享秘密，加深两人之间的感情嘛。

“希望能对宽子多了解一点嘛。”和也回答。

“大人怎么能问小孩子这种事情呢？”小姑娘满脸狐疑地望着他。

“那问些什么事情好呢？”

“可以问问学校的情况啦，学习成绩啦，或者老师之类的……”

“宽子希望我问这个吗？”

少女站在沙子上摇摇头。也许那样的话题更适合于与狡猾的大人交谈，跟叔叔还是聊些别的好。

“宽子对什么最感兴趣呢？”

“叔叔对什么最感兴趣呢？”

“用我的问题回答我，你好狡猾啊。”

这也许就是向狡猾的大人成长的第一步。

“牙？”

“什么？”

“叔叔最感兴趣的东西。”

“哦，牙啊，为什么这样想呢？”

“因为叔叔是牙医嘛。”一副理所当然的语气。

“照你这个道理去推的话……”和也刚想说妇产科的医生，但一想不妥就改口说，“办葬礼的人就最对尸体感兴趣？”

“讨厌。”少女厌恶地紧闭着嘴唇。那种表情乍看起来跟她的母亲阳子一模一样。

“总之啊，我对牙齿并不是特别感兴趣。”

“那么为什么会当牙医呢？”

“说来话长，真的想听吗？”

“嗯，想听。”

“那么，听之前你得先告诉我一个你喜欢的男孩子的名字。”和也撇着嘴坏笑起来。

“说过了没有啦。”

“真的吗？”

和也用手挠了挠宽子从沙子里露出来的小脚丫，直到还被埋在沙子里的宽子扭着身子求饶，他才停手。

“坦白从宽！”

“是真的。”宽子笑得气喘吁吁地说，“喜欢也不长久，顶多一个小时吧。”

“整整一个小时？太了不起了。”和也作出夸张的吃惊表情，“不过，时间也太短了点吧。”

“也许吧。”

“一个小时的话，连一部电影也看不完。”和也愕然。

“反正电影不和监护人一起的话，也看不了。”少女的回答很实际。

“哦，这样啊。用枪打也打不死的鸟是什么鸟？”

“防弹乌鸦[11]，这个谜语已经猜过啦！”

和也心里暗想，我一定要牢牢记着今天。与八岁的小侄女一起猜谜、一起堆沙堡的这个夏日，值得永远铭记。无论未来怎样……至少这段回忆是非常珍贵的。

盂兰盆节的时候，哥哥靖彦这几天暂时不用住医院，于是就和阳子一起来松山接宽子，顺便在和也家住两天。和也带着宽子到机场迎接。从接机口出来的靖彦夫妇混在其他的归乡客之中，看起来像一对年龄稍有差距的中年夫妇。

---

[11] 日语中“防弹玻璃”与“防弹乌鸦”的发音相同。

“真是多谢了。”阳子低下头向和也道谢。

“给你添麻烦啦。”哥哥靖彦也很客气。

“身体怎么样？”和也一边接过行李一边问。

“还行吧。”

宽子在不远处看着大人们寒暄。

“这几天乖吗？”阳子问女儿。

“还好。”

“还好、还好，最近不管问你什么都是还好。”

“那就禁止说‘还好’吧。”和也出来打圆场，“下次再说‘还好’，就把你埋在梅津寺的沙子里挠脚心。”

宽子神神秘秘地笑了。

“什么啊？有事瞒着我？”阳子感兴趣地问道。

“是秘密！”宽子边说边向叔叔使眼色。

和也感觉自己和这个小侄女就像一对有名无实的恋人一样，不由得有点自豪起来。四人坐上和也的车直奔母亲住的公寓驶去。

“听说雅美回广岛了？”哥哥在车上问。

“还好吧。”和也脱口而出，扭头看了看副驾驶位置上坐着的小侄女。

宽子一副忍俊不止的表情，指着和也。

“你岳父身体状况不太好？”靖彦继续着大人们的话题。

“状况倒还不至于糟糕到那个地步。”和也解释说，“只是日常生活难以自理，是由脑溢血导致的半身不遂。”

“很严重啊。”

和也另一句“还好吧”差一点就脱口而出，还好及时收口。

“郁也他们回来了吗？”靖彦关切地询问和也孩子们的情况。

“两个孩子暑假都要打工。”

“我们当时也一样啊。”靖彦感慨地说道。

“过了节应该会回来一趟吧。”

母亲早已准备好了晚餐，一直在等孩子们到家。客厅的餐桌上甚至还摆了几盘家乡菜。酒当然是没有的，但替而代之准备了乌龙茶和果汁。

“准备这些很辛苦吧。”阳子殷切地问候婆婆。

“有什么呀，这些不算什么啦。”母亲的口音乡味十足。

五个人围成一桌开始吃晚饭，一家人谁都没提靖彦生病的事，好像每个人都有意回避这个话题。偶尔母亲会跟长子聊几句，但都像怕触及伤口般地小心翼翼，看起来好像很怕自己儿子似的。

有菜无酒，晚饭草草结束，杯盘碗筷收拾完后，桌子上摆好了茶水。阳子在拆带来的点心礼盒，宽子则一个人坐得远远的看着电视。

“对了。”

一个念头在和也脑海中一闪而过，他嘟囔了一声，从电视机旁边的书架上取出一本旧相册和上次的照片。

“这就是我跟你说过的照片。”和也把照片摊在桌子上，问哥哥靖彦，“你看看怎么样？”

“照得不怎么样嘛。”哥哥看着那些拍坏的照片回答。

“这话从摄影师自己口中说出来，听起来好别扭。”

“拍的好像鬼影子一样。”宽子插了一句话。

“不过这张爷爷的照片拍得非常清楚。”和也辩解了一句。

“是你爷爷吗？”阳子问。

“是的。”靖彦回答。

“说得稍微夸张点的话，简直跟理查德·阿维顿[12]的作品一样。”

“长得确实挺像的。”一边的阳子评价说。

“像我？”

“特别是鼻子。”

“打算等你们来的时候给你们看的，又找了几张。”

母亲又取出几张老照片。其中的一张拍的是爷爷家房子刚盖好不久的样子。是从门厅前面的小河的下游，也就是房子的侧面拍摄的。

“这是什么时候拍的？”靖彦顺口问了一句。

“你爸爸搬到这里住，大概是靖彦出生之前的那一年，算起来应该是1954年。”

---

[12] Richard Avedon（1923.05.15 - 2004.10.01），美国摄影师。

“您记性真好。”和也佩服地说。

“也就只有记性好而已。”母亲听了很开心。

虽然当时距离二战结束已经十几年了，但周边的住宅大部分都还是简陋的旧房或棚屋，好几幢房子甚至屋顶连瓦都没有，只有祖父家外观看起来像是现代住宅。就连后来住着巴士公司老板的隔壁，在当时也只是荒地，所以照片上甚至还能看到门前小河的一部分。在这张因为年代久远已经褪色成棕黑色的黑白照片上，河水反射着阳光，对岸几幢残破的房子孤零零地矗立在那里，朦朦胧胧地还能看到远处的街道。拍摄时间应该是早春，因为近景处的几棵树叶子都还没长出来。

靖彦盯着这张照片，仿佛被什么东西深深地吸引住了，很长时间一句话也不说。歪斜的窗户、简陋的木板屋顶、倾斜的烟囱……相片中的一切都反映了当时人们的生活状态，物质上的贫困一览无余。但是和也觉得它留给人的印象却不仅仅是贫寒，反而让人感觉非常怀念。照片中记录的东西并不只是令人难以忍受的萧条，在贫困背后，一家人的和睦以及与左邻右舍关系的融洽，自己在小时候曾经就懵懵懂懂地体验到了。

宽子看电视看得入迷。母亲和阳子除了偶尔看看电视画面，大部分时间都在窃窃私语。只有和也和靖彦在看这些老照片。

“这张是爷爷拍的吧。”哥哥靖彦首先打破沉默。

“可能吧。”和也回答，“虽然构图看起来不是很专业、技术不高，不过和其他照片比起来，差距非常明显。”

和也心里默默在想，祖父当时一定是靠当老师那一份微薄的薪水建这所房子的。在四周的贫困景象衬托下，愈加显得它鹤立鸡群，虽然装潢还很低调，但能住在这里就已经非常体面了。祖父当时一定是想要找个最好的角度把它拍下来，和也觉得自己在这一刻甚至感受到了祖父的心跳，特别理解当时他为什么一定要从外面拍这张照片。可除了站在河里外，没有能拍全景的地方。而站在河对岸取景，自己家的房子就显得太小了。当时祖父手边肯定没有长焦镜头，所以选取这个角度来进行拍摄，一定花了他不少心思。

母亲取出来的照片当中还有两张航拍。其中一张背面写的拍摄日期是昭和二十三年（1948 年）。照片以流经祖父家门前的那条河为中心，记录了这座城市在战后不久时的模样，比例尺大概是三千分之一。另一张的拍摄日期不明，不过母亲根据城市布局推测应该是昭和四十年（1965 年），这张照片上祖父的房子拍得很清楚。

“这些老东西能留下来真不容易。”靖彦越看越觉得不可思议。

“朝日运河也拍得很清楚。”和也同样惊叹不已。

“上小学的时候，曾经和爸爸去钓鱼，就在这条河里钓到过很多沙钻鱼。”靖彦的语气充满了对往昔情景的怀念。

“这种地方也能钓到鱼？”

“真的，多得吃都吃不完。”

和也没有和父亲钓鱼的记忆。这样宝贵的经历只有哥哥独享，他不禁感到一丝妒意。

“现在已经没有鱼了。”靖彦开始讲起运河来，“运河很久以前就已经填平了。”

那条运河的流向与流经祖父家门前的小河平行，一直延伸到城市的中心。在1948年的那张航拍照片上，还能清楚地看到运河岸边并排停泊的船只，数目甚至多达二十艘。在和也的印象里，和渔船、货船混泊在一起的好像还有摩托艇和游艇，但那已是距离现在很近的事情了。据说大正时代在这片湿地上排水开垦，挖这条运河主要是为了运输木材。

“这座桥好像叫‘芝桥’。”靖彦像小孩子那样边用手指着照片边说，“这么说来，这就是回头桥。”

哥哥用手指着距离祖父家往下游大概走百米左右的一座小桥，久久没有松开。

第二天，和也和哥哥一起回乡扫墓。本来母亲也要一起去的，可她临行前感觉心脏不太舒服，况且又是大热天，于是就留在家里没去。宽子按照事先的约定，和妈妈阳子一起去动物园。一行人匆匆吃过阳子准备的早饭，9点钟四人就坐上和也的车出门了。首先送宽子母女俩去动物园，然后和也兄弟再驱车赶往目的地。

好久没有把车速飚到时速百公里以上了，和也不禁感叹开快车的感觉真好。虽说是高速公路，但是大部分区间都是相向行驶道路。开车有一点好，就是不用面对那些复杂的问题。虽说并不能把一切都忘记，但肯定可以把这些烦心事排除在最优先解决的问题之外。毕竟与对向行驶的车辆擦肩而过的时候，相对速度能达到近两百五十公里，这里可不是考虑人生问题的地方。双方都在若无其事地干着多么鲁莽的事情啊，和也不胜感慨万分。

途中和也把车开到服务区稍事休息。厕所里贴着 ETC[13] 分时让利的广告。和也的车子虽然也安装了 ETC 系统，但是无论是上班折扣还是夜间折扣，他都完全没有享受到。盥洗池旁边贴着严禁酒后驾车的标语，和也对着标语念出声来。

“我们的身体百分百没有污染。”

很少有禁止标语会让人看过后心情这么好。

中午的时候和也他们已经到了老家所在的镇子。首先要去扫墓，和也驱车直奔山脚下的菩提寺。路上穿过小时候曾经住过的街区。这地方以前被称为“医生之城”，即使是现在，医院和诊所的数量还很多，有些道路两旁几乎全都是某某医院的牌子。令人吃惊的是，和也小时候去看牙的牙科医院现在还在，甚至连位置都没变。虽然已经重新翻修过，但还是令人感到不可思议。图书馆大楼已重建，和也他们原来借住的地方现在也已重建，几乎看不出原来的样子。

哥哥靖彦在寺院附近的花店里买了束花。把车停在山门前，兄弟俩走上坡度平缓的山道。寺庙的大殿和僧房等建筑物的背

[13] 电子不停车收费系统。

后一角，是一片被茂密林木包围的墓地。两个人凭着仅有的一点印象，顺利地找到了地方。虽然已经很久无人打理，但墓地并不如想象般荒凉，想来应该是寺院的人帮忙把杂草清除干净了。倒上清水，洗完墓碑，把带来的花供养在花瓶里，然后在香炉点上香。等合掌祈祷的时候，兄弟俩都已经热得汗流浃背了。

哥哥靖彦一边擦汗一边说："幸亏妈妈没来。"

"秋分的时候再带她来吧。"和也回答。

回去的路上，和也特意拐弯去了祖父家所在的位置。有印象的建筑基本上都没有了，想找到原来的位置并不容易。幸好横跨小河的分支道路附近还留有一段石台阶，和也通过它确定了房子所在的位置。那地方现在矗立着高架道路的一个桥墩，巨大的水泥桥仿佛把祖父家踩在了脚下。道路两侧原来种植的枝叶婆娑的柳树不知什么时候已经被砍去，换成了现在常见的水泥护栏。

"真的什么也没剩下。"靖彦仿佛大梦初醒般感叹了一声。

"真彻底啊。"和也对哥哥的说法表示赞同。

两人走过小桥，到河对岸的石头台阶上坐了下来。这地方恰好在高架桥下，河面上吹来的微风非常凉爽。石头台阶上的水泥已经剥落，连水泥里面的小石子都显露出来。只有河岸上停泊的船还和以前一样，只不过因为上游建了水库，河里的水少了很多，水也脏得不得了。但是和也拿它与十年前的记忆对比后，发现似乎现在还是稍微干净了一点。

"石阶旁边的大管子你看到没？"哥哥指着对岸祖父家所

在的位置说，“这条管子穿过道路，一直通到爷爷家旁边的排水沟。水沟上面长着一棵特别大的无花果树。”

“不记得了啊。”

“就在仓库的背面，从树根下沿着陡峭的石墙，可以下到沟底下。这条沟里完全没有水，不过一种叫作‘弁庆’的红色螃蟹聚集在这里。用火钳抓到扔到铁皮桶里，它们会拼命地往上爬，爪子和铁皮碰撞发出咯嚓、咯嚓的声音，吵得不得了。”

“我记得我们当时想要把其中一只养在奶奶的柜子里。”

“追着螃蟹到了沟底之后，可以从道路下面的大管子里钻过去到河里。退潮的时候，水面要比出口低，但是涨潮的时候小河的水位上升，管子里也会浸水，还有一些小鱼也会跑进来。用网子抓它们也是在河边玩的乐趣之一。”

靖彦从小寄养在祖父家，附近也没有朋友一起玩，也许独自一个人只能靠游戏来打发孤独吧。和也在心里描绘着这个小时候很少见面的哥哥的形象。

“听说隔壁住着巴士公司的老板。”

“是村重先生。”

“我记得那一排有很多大房子。”

“就像《小小的家》里面描绘的一样。”

“维吉尼亚·李·伯顿[14]的漫画，你看过吗？我小的时候特别喜欢，印象最深的是里面描写的拟人化的房子。”

和也一声不吭远远地望着对岸的桥墩出神。

[14] Virginia Lee Burton（1909.08.30—1968.10.15），美国插画、儿童图书作家。

同样望着对岸的靖彦自言自语般地说道："道路下面隐藏的一小块土地上，坐落着一所房子。一家人在这片小天地中快乐地生活着。"

和也觉得哥哥的语气略显伤感。靖彦继续说道：

"确切地说，他们并不是被选中的人。他们的人生并不特别，只是普普通通的人，在普普通通的房子中上演着普普通通的人生。但对这个世界来说，他们是不可或缺的，也许会消失得了无痕迹。但是即便如此，有些东西是无可替代的，一旦消失就永远消失，没有什么可以代替。"

两人陷入了短暂的沉默。

"面积有多大？"和也轻声问。

"大概 130 到 160 平方米吧。爷爷的房间、放置佛龛的起居室、大约 10 平方米的房间、饭厅……"靖彦的说话声越来越小，仿佛是以前生活在这里的人，从遥远的过去所发出的声音似的。他最后还加了一句：

"按现在的布局来说，大概是 3DK[15]。"

之后靖彦长时间不再开口。和也偷偷看了一眼坐在旁边的哥哥，发现靖彦面无表情，疲惫不堪似的发着呆，或许他的思绪早已飞到了别处。

"你怎么了？"强压住想要摇着哥哥肩膀唤醒他的冲动，和也问了一句。

[15] 三室一厅一厨。

就像接触不良的电路恢复了通电似的，靖彦身躯一震回过神来，用求助的眼光望着和也。

“有个女孩过来了。”

“去哪儿啦？”

哥哥没有回答。

“你说的是医院里的事情吗？”和也换了个问题。

靖彦怯怯地微微点了下头。

“什么时候？白天还是晚上？”

“我睡觉的时候。无意中睁开眼睛，突然看到病房的角落里站着一个女孩，用无比悲伤的眼神望着我。”

“是熟人吗？”

“可能是吧。”

“不会是宽子吧。”

“不是。”

“那会是谁呢？”

和也焦灼地望着哥哥，可靖彦却只顾低着头躲在自己的小天地里。和也实在搞不清楚，到底哥哥是真的想不起来那个女孩是谁，还是不愿意回答。

“你给主治医生说了吗？”

“这个事我还从来没有跟别人说起过，除了你。”

和也听到这话不禁觉得一阵光荣，不过一时也不知道该说什么好。因为不清楚哥哥是希望他能够提供对策建议，还是只想找个分享秘密的人。

“也许这是脱瘾状态下伴随的一种幻觉，很快就会消失。”和也劝哥哥把心放宽。

“明白了。”靖彦同意得很勉强，也许本人并不这样想，甚至语气中还流露着一丝难以掩盖的失望。

两兄弟都很久没有说话，谁也想不出什么新话题。石墙上聚集着数不清的海蟑螂，河面上蜻蜓飞来飞去，一群乌头鱼缓缓地向上流游去。在这样明丽而慵懒的风景之中，和也感觉自己和哥哥仿佛置身于另外一个世界，静静地观察着这一侧的情况。

第六章…漂流之家

周六上午，和也完成了诊所的工作后，到厨房里打算做点什么好吃的慰劳一下自己，突然发现次子俊彦从楼上下来。事先连打招呼也没打，人就回来了，这让和也很是吃了一惊。

“你回来了啊。”

从德岛到松山乘坐高速巴士只需要三个多小时，票价四千多日元。和也和两个儿子约定，路费可以找他报销，人随时都可以回来。但是俊彦他们只是暑假和春节会偶尔回趟家，就连在广岛上学的郁也也是两个月才回家一趟。

“出什么事了吗？”和也惊讶地询问盯着自己脸瞧的儿子。

“妈妈呢？”

“去广岛你外公家了。”

“还没有回来吗？”母亲去照顾外公这件事俊彦也知道。

“她有她的难处。”和也的话让人一听就知道是在撒谎。他立刻转换话题问儿子：

“你午饭吃了吗？”

“还没有。”

“好，我现在就给你做点吃的。”和也的声音格外洪亮，仿佛这样家里就会万事如意似的。

和也到厨房里看了看，家里的材料可以做一顿炒饭。特百惠的保鲜盒里还有剩米饭，冰箱里有鸡蛋，储藏室里还有几个洋葱。只要凑齐这三样，做炒饭是很简单的。也可以选择到外面吃，开车随便跑一跑，乌冬面、拉面、中餐、意大利菜等等，想吃什么有什么。只不过儿子难得回家一趟，和也还是想亲手给孩子做点什么。

“做炒饭和拉面怎么样？”

“什么都行。”儿子回答得很不耐烦。

两人份的话，米饭的量不太够，和也就加了些方便面。首先把洋葱、胡萝卜、青椒、火腿切丝，准备好配菜。炒锅开火后，先炒好鸡蛋装盘，然后煎一下配菜并调味，最后感觉少点什么，和也考虑到俊彦喜欢吃辣，又加了些咖喱粉。

“味道如何？”

“嗯，挺好吃的。”

虽然迫不得已用了些方便食品，但这顿饭作为和也已经尽了全力。那些自称会做饭的男人们，都是先准备好各种工具，至少帅气的围裙是肯定要买一件的，然后按照菜谱到超市购买食材。作为爱好或兴趣，这样做是无可厚非的，但像今天这样，儿子饿着肚子突然回家，这种方法明显就不适用了。要是缺乏仅仅使用手头的材料，做出像模像样的美味佳肴的技巧，就算不上称职的家庭主夫。

“等晚上我会做更好吃的。”

言出必行，和也兴致勃勃地出门采购。先到购物中心的食品柜台买了鸡胗和西兰花、火腿、几种奶酪、方腿，然后到酒类柜台买了一红、一白两瓶葡萄酒。红的那支选的是酒体丰满的波尔多，白的选了夏布利。儿子难得回来一趟，偶尔奢侈一下也是应该的。

和也用生火腿、西芹、香菜做了沙拉。和俊彦一边吃方腿和沙拉，一边喝酒柜里冰好的夏布利白葡萄酒。席间抽空用鸡胗和西兰花做了份通心粉。

“这个真好吃。”俊彦赞不绝口。

“是吗？很好做的。”

和也开始把菜谱传授给儿子。先用炒锅把橄榄油煎一下，然后放入切好丝的大蒜和辣椒炒到干而不焦的程度，诀窍是火候的把握。然后按照鸡胗、西兰花的顺序放入主材煎炒，最后加入盐和胡椒调味。关火后，加入煮好的意粉，拌好就可以装盘了。只不过意粉要煮得比通心粉（al dente）时间短些……这点最关键。

“煮通心粉我可是专家。意大利语 al dente（通心粉）的 dent 和英语 dentist（医生）的 dent 是一样的嘛。”

父子俩开心地吃完意粉后，继续切奶酪喝红酒。俊彦开始专心看电视，电视上正在播放那些俗不可耐甚至连日本人自己也感觉羞耻的综艺节目。

“大学生活怎么样？”

“不怎么样。”

“是嘛。”

父子俩的对话有一句没一句的。也许“不怎么样”这句话本身并不能算是回答，这跟说“我不想回答这个问题”的意思是一样的，而和也回答“是嘛”也同样是有问题的。但这种麻木不仁的距离感本身恰恰象征了和也父子之间的关系。在儿子看来，看电视要比同父亲交谈更重要。和也陪儿子看了一会儿，觉得了无趣味。可俊彦却时不时地笑出声来，这令和也非常奇怪，怀疑儿子的智商是不是有问题。

“上次你叔叔说了，”和也开始王婆卖瓜地讲从哥哥那里听来的事情，“电视台播放节目的比例是按照教育、新闻、娱乐的分类事先确定好了的。所以无论如何强调提高视听率的重要性，也不能一味地播放娱乐节目。但是，比如说这个节目，是算作娱乐节目还是教育节目，可以由各个电视台自行判断。也就是说，虽有规定却缺乏实效，这就好像地球变暖对策中提到的数值目标一样。”

和也记不清以前他们都聊些什么。儿子上小学或是中学时候的事情……他已经记不得了，甚至连一点印象都没留下。不过一定是聊过的，这一点可以肯定。自己和儿子绝不是一对不说话的父子，当时应该每天都有交谈。不过当时的事情，在现在看来就像古书一样陈旧，因为现在的情况和以前判若云泥，所以连确切的事实都感觉不太真实。

电视上插播广告的间隙，俊彦问和也："黑丝好像长胖了。"

"是吗？"

期待已久的父子对话开始了。

"肚子已经圆滚滚了。"

"因为它总睡觉嘛。"

和也猜想这会儿小猫一定钻到二楼柜子里，正趴在预备给客人用的被子上睡大觉。为什么要养它？和也开始思考这个问题。发情期的时候，这家伙在家里到处撒尿，臭不可闻，还经常因为烦躁而乱挠和式房间的拉门，弄坏昂贵的椅子和沙发。不仅要喂饱这只蠢猫，还要给它不停换大小便用的沙子，真不知道自己如此尽心竭力是为了什么。也许是作为妻子、孩子关系的替代品，人指望不上就靠猫吧。

不知不觉之间，第二瓶红酒也喝完了。

"你真能喝。"和也一边泡咖啡一边说。

"难得过一把瘾嘛。"

"真能讲。"

和也暗想这孩子真有意思，现在的大学生很少用这个词。自己的儿子俊彦经常会冒出来几句“过瘾”之类的妙语。让人摸不透这到底是旧词新意还是别的，也或进行区分本身就没有什么意义。

“告诉你一个秘密，”儿子发话了，“想知道吗？”看来喝酒真的能使人话多。

“很想听。”和也兴味盎然地回答。

“那个什么……”

这是关于以Y开头的著名女歌手的故事。俊彦好像目前正在音乐会演播大厅打零工，负责维持会场秩序，而阻止观众靠近舞台则是他的主要工作。

“前半场、后半场总共2小时左右的舞台时间，几乎所有的歌都是假唱。因为我站得近，看得清清楚楚。”

“这样的话，那些花了大价钱买门票的观众，来现场听还有意义吗？”

“如人饮水冷暖自知呗。”

俊彦的回答非常深刻，有禅学问答的旨趣。

“所谓灭却心头火自凉。”

“什么意思啊？”

“没什么意思。”

“还有一个更震撼的事实，”俊彦进一步说道，“等我喝点水后告诉你。”

俊彦从饮水机里倒了杯水喝。和也心里不禁感叹这孩子眼看着就长大了，不但学会了喝酒，禅学问答也学得有模有样的，真是不可思议。他的心平静了下来。

“你说的震撼性的事实是什么啊？”和也主动发问。

“舞台上唱歌的实际上不是歌星本人。”

“什么？！”和也十分惊讶。

“只是其中的一部分罢了。”俊彦露出略感无趣的神情。

“那到底是怎么一回事？”和也意识到自己的表情过于做作，稍微收敛了些说。

“关掉舞台照明，只用一支聚光灯照着人唱歌的时候，替身就代替本人上场了，所以肯定是假唱。不过由于光线较暗，从观众席那么远的地方是看不出来的。”

“本尊自己趁黑干什么呢？”

“可能在后台休息。”

这事情真是离谱。唱着低沉舒缓抒情曲的家伙竟然是彻头彻尾的替身，那些花了八千日元买门票的观众们竟然还听得如痴如醉。对于这种道德败坏的行为，在我们牙医这一行是要吊销牙医执照的。虽然人世间类似这种匪夷所思的事情比比皆是，但这会让那些前途光明的年轻人对大人产生不信任，从教育角度上说是极其失当的行为。

“不过她年纪也大了。”和也牵强地找了个理由。

“不是年纪的问题。”俊彦立即予以驳斥。

受到儿子的反驳，和也并没有感到生气，不仅如此，反而感到某种快乐。虽说儿子喝了酒说话有些刻薄，不过他同自己分享了秘密，这让父子俩拥有了共同的秘密。

“能做到几可乱真？”

“被戳穿的话，会引起暴乱的。”

和也心说自己的儿子远比自己所想象得聪明。

“真的是歌手 Y 吗？”

“千真万确，就是 Y。”

“那我得提醒提醒朋友。”

心情真好，也许是稍微有些醉意的缘故。因为眼前的一切都缓缓地变得混乱，厨房、餐桌上的摆设，乃至父子关系……整个世界都缓缓陷入混乱。和也感觉自己通过和儿子交谈，体会到自己每时每刻都在发生变化。所谓一切都在变化之中，从未在某处停留。不知道这是不是好事，至少说这要比严格的秩序要好得多。不仅仅是父母单方面培养孩子，孩子也在潜移默化地改造着父母。我们是彼此的创造者，也是彼此的制作人，也许这正是家庭存在的意义。和也感到自己胸中好像有什么东西要涌出来，那是爱，浓浓的爱。

“爸爸，您要和妈妈离婚吗？”

和也猛吃了一惊，差点从椅子上跳起来。

“哥哥跟我说的。”

“郁也？”

“妈妈离开爸爸身边了。”

接下来的事情一件比一件令和也吃惊。“第二波”震撼性的事实袭来了，而从震撼度来说，这些家里的事情更具爆炸效果，令和也措手不及。

“他一定是误会了。”

“无论如何，目前的状况已经非常糟糕了。”俊彦看和也的目光跟刚才相比已经完全不同。

“我并没有……”

和也告诫自己，没有必要对儿子解释。或许他怀疑自己虐待雅美，即使不怀疑虐待，也会认为自己使用了暴力。自己这种气质高雅的绅士怎么会跟那种事情扯上边，完全没可能，太离谱了。但是……实际上如何呢？离谱的事情，难道就不会是事实吗？和也渐渐迷茫起来。

和也想起自己曾经听说这样一个事实。受害者是儿童的虐待杀人事件中约有七成，凶手都不是外人，而是他们的父母或其他亲人。也就是说导致治安恶化的原因不是上学、放学的路上或者校内，而是家庭。这种情形同样也适用于女性。虽然不清楚每年有多少女性受害者在路上被陌生人袭击的案件，不过这与遭到来自伴侣的暴力的案件数量相比应该少得多。对于妇女、儿童这些弱势群体来说，家庭暴力才是主要问题。和也越是推理，越发现自己把自己逼到死胡同里了。

“总之，这事不需要你们操心。”

俊彦露出失望的神情。

"真的吗？"

"真的。"

这总行了吧。

"你这趟回来，是来刺探我情况的吧？"

"也不能这么说。"

"你妈让你这么干的？"

"不是。"

"那是郁也？"

"没有谁指使我！"俊彦略微有些生气，"我只不过是担心你。"

难道是我错了？和也心说大家把降临在这个家庭的不幸都归罪到自己头上了，至少儿子郁也是这样认为的。不过长子郁也懂什么啊，无论是治疗牙齿还是经营家庭，他都还完全缺乏经验。俊彦，你也一样。人生的磨砺你经历得太少，你却对自己的父亲用这种家长式的口吻讲话，你不知道这么多年来，当家长的人是谁吗？是你爸爸我啊。

"失陪一下，我上洗手间。"

和也在厕所里静静地思考关于暴力的问题。从物理角度说，自己虽然没有使用暴力，但是从心理角度上看就不一定了。父母在育儿方面疏忽会被视为极端的暴力，而夫妻之间呢？即使自己从未动过这种念头，只要雅美觉得自己被忽视……这就可以被称为暴力。

咚、咚、咚的敲门声打断了和也的思绪。

“爸爸。”

“嗯，没事。”

看来厕所也不能久留，再不出去的话，俊彦会担心的。但是他现在实在缺乏面对儿子的勇气，想一个人静一静。现在的和也除了困惑之外，更多的是感到悲伤，觉得自己无能为力，像被剥了衣服似的不得不赤身裸体地面对别人。在他的内心，梦想、希望、年轻时的野心、活力……一切的一切都消失了。打开水龙头，趁洗手的工夫又想了一会儿，和也感到自己的人生仿佛像坐便器里的水一样流走了。

俊彦回房间后，和也一个人继续喝酒。他没有睡前饮酒的习惯，不过眼前却只想取出瓶威士忌一醉方休。这瓶十二年陈酿麦考伦买回来已经一年多，只喝了一半。虽然和也不好酒，不过这种纯麦苏格兰威士忌倒是非常对他的胃口。倒满小酒杯的三分之一，直接一饮而尽，和也感到一股热流从咽喉一直涌到食道，呛得不禁咳了起来。这种喝法早晚会诱发食道癌或喉癌。

有种说法认为男人最怕死。这大概是女权主义者的主张，可能是针对男人拘泥于浅薄的自我和一点点权利的做法讲的。恐怖的根源其实是性别或者说是生物学上的雌雄。女性经历过月经和生育的痛苦后，已经超越了对死亡的恐怖。她们嘲笑男人所持有的被害妄想，活得更为现实。祖母是这样，母亲是这样，雅美也是这样，总之女人……就是一个谜。

和也突然产生了往雅美老家打电话的念头。看看表，时针已经指向凌晨1点。这个时候可能接电话的会是雅美的母亲，而自己此时并不希望听到岳母的声音。又或者会是电话录音，“主人现在不在，请在嘀的一声后留下您的的姓名与需要办理的事务。如果需要传真请……”那就更离谱了。什么叫“嘀的一声后”，这不是愚弄人吗？况且，自己即使打了电话也无济于事，说话的机会多得是。

好像很久以前，雅美就想谈。一直是和也在回避这个话题，他觉得语言只会起到歪曲现实的作用。有的时候，一交谈，事态就会发生变化，却没有谁能保证这种变化一定是趋向好的方面。各种词汇交汇在一起，甚至快速破局也不是不可能。语言是一种危险的工具，就像治疗牙齿一样，和也在使用语言的时候非常慎重，一边观察对方的反应，一边字斟句酌地讲话。但是妻子是活生生的人，不能像治疗牙齿一样事先进行麻醉。

和也认为语言所承担的责任，现在更多的是由现实中的事物所承担。与其没完没了地谈，还不如找一家上档次的餐厅，用品红酒、尝美食的方式来得更有建设性。实际上也是这样，无论闹得多么僵的夫妻，一旦坐在餐桌前，自然就会对对方产生好感。

当然你也可以说这是一种错觉，但是所谓人的感情，其实也就是一种错觉而已。所以说并不是所有的错觉都不好，而是那些并非错觉的真正感情是否会产生误会，这才是问题所在。所谓真心，只是一种被称为真心的错觉。如果把它看作实体，那么无数的男女都会因此而发疯。因为无论什么样的真心都会变，它原本就是一种错觉而已。也就是说，事实本该如此……这到底是为什么呢？

对和也来说心是一个永远的谜。虽然心有灵犀、心心相印这些语言作为词汇谁都能够理解，可实际上谁都没有经历过。每次听妻子雅美讲“我们俩的心没有连在一起”，和也都很崩溃，因为他实在无法理解心连心的状态到底是什么。所以每到这种时候，他都紧紧拉住妻子的手，内心的情况虽然他无从了解，但是至少手是可以连在一起的，而雅美却只是用悲伤的目光望着他。

是的，我无法相信那些眼睛看不到的东西，因此，我只能用眼睛能够看得到的东西来取代。和也觉得自己既没有逃避，也没有放弃语言交流，只是把言语的交流置换成了……暴力。不对，去西餐厅吃饭、生日和圣诞节的礼物一样也不少，虽然表面上也能做出相信那些虚无缥缈的东西的样子，但是内心深处却是不信的。对和也来说，做出相信的样子就可以算作是“相信”了，难道不对吗？难道不能有其他的“相信”方式吗？

和也越想越糊涂，感觉自己好像回到了五岁时候的样子，什么都不懂。就连迄今为止自己以为自己明白的事情，现在也都搞不清楚了，简直就像在一片海图上没有标注的汪洋大海上漂流。

和也整晚几乎没合眼，窗外天色泛白的时候，就早早就起床了，时间还不到六点。在厨房里煮好粥，沏好两人份的咖啡。一直以来，和也都认为三勺咖啡豆沏出来的咖啡味道最好。几个月来，他一直是做一人份，一勺可以泡两杯。在餐厅里，和也一边喝咖啡，一边查看日历。昨天是大安（黄道吉日），今天是先胜（当天有事宜速办，否则会有福或者是祸事）。虽然和也对于阴阳之道既没兴趣，又缺乏相关知识，但也明白急事和诉讼之类的事情应该今天办理的传统。他在咖啡壶里留了一人份的咖啡，等着俊彦起床时喝。

到广岛去的高速轮渡每小时发一班。和也开车到达观光港口的时候，刚好赶上上午八点的班次。结果九点刚过，和也就到广岛港了。先在港口餐厅简单要了一份火腿蛋当作早餐，可饭都吃完了时针还没有走到十点。雅美的老家位于广岛附近的廿日市，从这里出发的话，到达的时间刚刚好。因为原本就不打算麻烦人家，所以事先也没有联络，希望以顺便到访的方式到家里去。雅美没有手机，她就是这样的人，也许她讨厌手机这种事物。

乘火车到宫岛去。因为是星期天，车上人很多，这让和也联想起孩子小时候的事情。当时一般都是一家四口一起过周末，每到假日，要么像这样挤火车，要么自己开车到各地游玩。春天的油菜花，夏天的红叶，还有夏天的海水浴场，以前的回忆都历历在目。如果假期较长的话，和也和雅美还会跑到有温泉设施的旅馆、宾馆优哉游哉地住上两天。即使游乐场不是很大，孩子们也能玩得很开心。有时候还会买些特产，或者到附近的山里或海边散散步……

铁路沿途购物中心和私营餐厅数量很多，但是让人感觉非常单调，很是煞风景，也许全国不管到哪里都是在一样的商店里卖着相同的商品。一个地方的东西，整个日本都有。就连吃的东西也是这样，自己目前在这家店里正在吃的汉堡包的味道，和全国其他西餐厅的味道完全一样，想必一定是某家店制订了工作手册，像 Gusto、Denny's、Jonathan 之类的地方。追求大销量和便利性到达极致，自然就会形成这种局面。

和也觉得自己的人生就像窗外连绵不绝的风景——购物中心、快餐店所象征的那种单调、乏味、无趣、被动的颓废景象。也许，这种可悲的风景还会持续下去，而未来那个因为牙周疾病掉光所有牙齿的和也，最终会孤独一个人住在付清贷款的清冷房间里，靠着外卖快餐或碗面果腹，了此一生。

和也很久没有到雅美娘家来了。上次来是去年农历七月十五日的盂兰盆节，算来到今天已经快一年了。虽然他心里很清楚，自己这次来客观上是打算把离家的老婆带回去，可仍然心潮澎湃、思绪万千。有道是人易见，脸难看，无论自己如何装作若无其事，实际见了面，真不知道双方会有什么反应。假如对方横眉冷对，而自己却要笑着套近乎，“最近如何，身体还行吧”这样的话，让和也如何说得出口。还有，如果对方撂下一句“你回去吧”，自己该如何应对。周全起见，和也作了种种假设，并分别想好了对策。

上述的种种不安，从某种意义上说，最终被证明都是杞人忧天。和也没有见到雅美，她没在家，据说两天前出发去旅行了。岳母告知他这件事的时候，还善解人意地适时添了一句道歉的话。

“最近一段时间，实在是给您添麻烦了。”她边说边站在门厅里朝和也深深地鞠了一躬。

“没有的事，我这边完全没问题，”和也赶忙回应对方的好意，问道：“您知道她去哪里了吗？”

“嗯，说是要遍访四国附近的灵场。”

“八十八处吗？”

“好像是高中同学邀请她去的，”岳母不好意思地说，“说是照顾父亲非常辛苦，希望能出去玩几天调节一下，我们也没阻拦。”

“岳父身体还好吧？”和也接茬问。

“还是老样子。”岳母愁云满面地说，“有空的话就见一下吧，刚才他还坐在那里发呆。哦对了，中午一起吃饭吧……”

“不了，等会儿我还有约。”

“这样啊，真遗憾。”

“那我回头再来吧。”

“一定。”

“她说什么时候回来了吗？”

“雅美吗？听她说是一个星期左右。”

和也回到西广站，在附近的书店买了一本四国遍访指南。走进一家寿司店，先要了套午餐。在上第一道沙拉的时候，他又加了瓶啤酒，边喝着酒，边打开刚买的书读了起来。所谓四国八十八处灵场，第一处便是位于德岛县的灵山寺，而第八十八处则是位于香川县的大窪寺。中间经过高知县和爱媛县，围绕四国地区按照顺时针分布着多处寺院。在交通发达的今天，大概只需一周时间就可以把所有寺院参拜一遍。只是忘了问现在具体到哪里了，不过也许岳母自己也不清楚。

书的序言部分，“巡礼推荐”栏目中列举了适用对象：希望治愈心理创伤的人、需要重新认识自己的人、人生遇到挫折的人、渴望获得开悟的人、寻找人生喜悦的人、想要解除痛苦的人、希望解除疲劳的人……也许雅美也是出于重新审视自己的人生考虑，才开始这段旅程的吧。那么她到底有什么无法解脱的烦恼呢？

妻子发愿的举动深深地触动了和也，因为在他看来，遍访巡礼这种事，基本和出家、避世没什么两样。从前每当春天到来的时候，和也所居住的城里总会来几个朝圣者。印象最深刻的是当时借住在图书馆里时遇到的一位个子不高的老婆婆，她身着白衣，头戴蓑笠，站在门前托钵乞讨。当和也把她的形象和雅美联系到一起时，忍不住想冲着雅美大喊一句：“你可是堂堂牙医之妻啊”。

合上书，和也又试着拨了郁也的手机，结果从通讯录中调出号码，按下通话键，不一会儿就切换到了留言模式。和也没有留言就挂了电话。郁也所上的牙科分院和医科分院、药科分院一样都在位于霞町的校内。从和也所在的位置出发，坐巴士三十分钟就能到，而且租住的公寓就在学校附近。难得来一次，和也决定至少要见见长子再回去。

和也从车站前转乘去大学附属医院的巴士。下车后，他又拨了一次电话，仍旧没人接听。和也这才对于自己真正离开家庭、孤独一人这个事实有了深切的体会。这不同于一般的寂寞，是一种更加深刻的生理上的孤立。和也最不擅长的事就是电话留言，每次都是直接挂断。不仅如此，与有人接听相比，每当听到自动播放的系统提示“现在机主无法接听”，他就会感到一种深深的失落和孤独。

穿过校园，走到住宅区，和也一时间迷失了方向。于是就一边寻找标志性建筑，一边等待方向感恢复。附近都是学生公寓，虽然简易修建，不过受学生欢迎的那种小而漂亮的房子却很多。去年陪雅美回娘家的时候，和也曾顺道来过郁也的公寓。凭借残存的记忆，和也终于来到了一所看起来有些眼熟的小学门前。接下来在一家超市附近拐个弯，再顺着一条百米左右的小巷子走一会儿就到了。因为今天是周日，路上行人并不多。

顺利地找到了郁也住的公寓，但不巧的是他并不在家。和也推测他可能和朋友出去玩了。这会儿刚刚下午两点，等他回来都不知道几点了。于是和也放弃了与儿子见面的初衷，转身朝附近的自然公园走去，因为那是他在学生时代一个人经常去散步的地方，有几次还陪雅美一起去过。

学生时代的和也，即使放了寒假，他也一直借口忙学校里的事情留在大学里，很少回乡下的老家。当时的他总是渴望能和回到广岛娘家的雅美多缠绵几天。雅美的父亲在广岛经营着一家非常有实力的房地产公司。一直到雅美祖父那一代，他们家都是靠做房屋租赁、中介、管理等房地产相关工作谋生的。到了雅美父亲这一代，正好乘上了经济高速增长的东风，通过经营房地产买卖、土地开发与销售等项目，生意也越做越大。

与雅美相识时，雅美还是神户女子大学的一名大一学生。她是家中的长女，下面还有个比她小三岁的弟弟。可这个弟弟只是热衷于弹吉他、玩音乐，完全不读书。家里希望他能继承家业，所以也没指望他能获得什么高学历，不过雅美的母亲希望他至少考上附近的商学院，所以在暑假给他请了家教。而和也正是看到了张贴在大学学生会的招募广告，才碰巧主动联络雅美家的。

当时的所谓“约会”，也仅仅是看一部时下上映的电影，然后在咖啡厅里消磨时间而已。因为即使想玩也没有钱，所以两个人的大多数时间都是窝在和也的小公寓里度过。屋子里能用来取暖的只有一个从老家带来的电暖炉，连这还是和也母亲以前买给当时考试压力很大的哥哥靖彦用过的，靖彦后来去上大学，就把它转送给了和也，算起来已经用了十几年。

和也当时还曾自我解嘲地打趣说："越是这样的东西，越是耐用啊。"

在外面净是聊些大学里的事情，进到房间里来，雅美开始关注和也的生平。一来二去自然就拉近了两人之间的距离。而对于和也来说，虽然他自己不喜欢打听别人的隐私，不过有人愿意听，他还是愿意把自己小时候的事情讲出来的。

"你以前住过图书馆吧？"雅美若无其事地问道。

"我妈以前在图书馆工作过。"和也嗓音嘶哑地回答。

"住在图书馆感觉如何？"

"就跟普通的人家没什么两样啊，因为并没有住在图书馆里面。"

"不住在里面？"

"图书馆旁边有一栋职工公寓。一半用来放置杂物，我们所住的就是这样的房子。"

"感觉很不错啊，住在图书馆里的一家人，简直就像漫画书中所描写的一样。"

"你愿意这样想就这样想好了。"

"那样不是能读很多书嘛。"

"想读就能读。"

“当时不想读吗？”

“一点也不想。”

“那你住在图书馆干什么？”

“点篝火什么的。”

“篝火？”雅美微笑着反问了一句。

“馆内有一个很大的藤架，”和也腔调生硬地开始进行说明，“那本来是个用来放置读者自行车的车棚，我和哥哥两个曾在那里点篝火玩。因为总是看到工作人员这样处理图书馆的垃圾，所以我们也想尝试一下。仅仅说是‘在藤架下’还是有点不合适。我们把办公室和阅览室的垃圾收集起来，堆成一座小山。里面有些废纸上沾满了油墨之类的挥发性液体，见火就着，还越烧越旺，最后都快把藤架引燃了。哥哥赶忙用水桶打水去浇，总算没出什么大事。我们俩吓坏了，赶快把灰烬简单收拾了一下就溜回了家。但几天后母亲把我们叫了出来，同行的还有图书馆的馆长。母亲指着头顶的藤架问，这是不是你们俩干的好事？我们发现被火烧过的地方留下了一个圆圆的大洞，能够看得见天空，而附近的叶子也有被火烧焦的痕迹。馆长人很好，笑着说还好啦，树并没有枯死。不过回到家后我俩挨了母亲好一顿骂。站在母亲的立场上考虑的话，已经失去伴侣的她，当时肯定非常担心会因为孩子们的过失而导致生活陷入困顿。”

雅美的脸色显露出痛苦的表情。也许这让从小失去父亲的他回忆起童年时期的孤独和辛苦，从而对和也产生了怜悯之情。

而对和也来说，他并不记得自己被同情过，因为已经过去的岁月，并没有什么可留恋的。此时、此刻，在此所发生的事情才是最重要的。

两个人围着暖炉盖着被子抱在一起，闭上眼睛，感觉就像躺在星光满天的原野里的草丛中。和也充满希望地设想，这里很温暖，这是个温暖而安全的地方，没有死亡，也没有悲伤，只要能这样抱着，我们都会好好的。

窗外夜幕已经降临。好像失去时间概念的和也从被子里坐了起来，端详着仍然闭着眼睛的雅美的脸。注意到和也的视线，雅美缓缓地睁开了眼睛。

“想去散步吗？”

“现在？”

和也提起附近一处公园的名字。

“好饿啊。”雅美撒娇似的说。

“先散步，然后找个地方填饱肚子。”和也的语气像个长辈。他从被子里钻出来开始作准备。“有一处美景想介绍给你看看。”

路上是凛凛寒冬，一派肃杀的风景。时间已经很晚，路上一个散步的人也没有。透过路旁光秃秃的树枝，能看到被涂成红白两色的电视塔，高耸着刺向灰暗的天际。两个人手挽着手走在静谧的山路上。

“为什么打算当牙医呢？”雅美像是突然想到什么似的问道。

“因为害怕牙医。”

“真是个奇怪的理由，可就是牙医本人也会有蛀牙的啊。”

“只要是哺乳类动物都会有蛀牙。”

雅美流露出对和也的回答不满意的表情，但并没有继续追问下去。又走了一会儿，路边出现一块教育委员会所立的牌子，上面的文字对山上发掘贝塚的事情作了说明。白漆斑驳的牌子上缠绕着几枝枯藤，枝头还点缀着几颗鲜红鲜红的果实。

“这叫王瓜。”雅美停下脚步说。

两人开始阅读贝塚的说明文字。借着入夜前的最后一缕阳光，他们努力去辨认牌子上的文字。

“大学有意思吗？”继续往前走的时候，雅美问道。

“你是问学习吗？”

雅美默默地点了点头。

“这样说吧，反正人的口腔中，有很多需要研究的东西。”

“我讨厌牙医。”

“你是讨厌去治牙，还是连给你治牙的人都讨厌呢？”和也半开玩笑地问她。

“全都讨厌。”雅美戏谑地回答。

“里面也有你有好感的人吧。”

“你是说和也君吗？”

雅美这样称呼和也。

“差不多吧。”

“那我要是有了蛀牙，可以请和也君治吗？”

“当然可以啦。不但替你除去牙石，还会替你做口腔保健。”

两人像做示范般地停住了脚步，轻柔地吻在了一起。或许是因为刚刚聊过牙周病的缘故，两人的舌头并没有纠缠在一起，但即使如此，和也仍然感到自己被一种极大的幸福所包围。不一会儿，两人不约而同地分开。

“我们走吧。”和也拉着雅美的手催促道。

经过放射线影响研究所的旁边，顺着道路走到旧陆军墓地附近。和也边走边在心里描绘自己作为牙医的未来。默默地想既然一切的一切都要从嘴巴开始，如果那是从雅美的嘴巴开始的话，也算是不错的开端。

山顶附近有一片开阔地，上面设有一座简朴的瞭望台。朝南方望去，映入眼帘的是华灯初上的街道、山影朦胧的丘陵，以及与陆地逐渐融为一体的岛屿。

“这地方真美。”雅美不禁感叹。

“你没来过吗？”

“第一次来，不知道还有这种地方。”

对和也来说，这个地方以及从这里所看到的风景，都只属于他和雅美两个人。

“我经常一个人来这里，孤独地想你。”和也的语气好像在演戏。

“带我来就是想和我说这个吗？”

和也答不上来。两个人的目光交织在一起。和也觉得自己的心像空了一样，好像雅美离自己很远，并不在身边，而自己则正在焦急等待，和也的内心感到一阵空虚。

“能永远和我在一起吗？”和也急切地问道。

“行啊。”雅美回答得非常干脆。

“不只是今天。”

“我会永远陪着你。”雅美像安慰小孩子般地用力点了点头。

和也的脸上终于露出释怀的微笑，内心深处也逐渐平静下来。生平第一次，和也有一种得到了祝福的感觉。

当时，和也确实有幸福的感觉，并且觉得这种幸福感会伴随自己一生。时至今日，万没料到它竟然消失得无影无踪。当时的和也觉得自己幸福的列车刚刚出发，未来等着自己的快乐还有很多很多……但实际情况又是如何呢？

正当和也开始下山，打算回去的时候，郁也来电话了。

“爸爸？”

“郁也，是我。我给你打过好几次电话，都没人接。”

“当时在看电影。”

“看的什么片子？”

“先说说有什么要紧事吧。”郁也的语气有些焦急。

“没有急事就不能打了？我来这边办事，顺便看看你。”

“现在在哪里呢？”

“比治山公园。”

“怎么会跑到那儿去？”

“感觉很怀念啊。”

两人沉默了一会儿。

“怎么样，一起吃顿饭吧。”郁也试着问道。

“行啊。”

“你现在在哪里？”

“八丁崛车站附近。”

“那正好，我们在那儿碰头吃饭？”

“我想先回公寓，这会儿离饭点还早。”

和也看看表，刚到下午三点。

“那，我也去你那里吧，三十分钟后到，你看如何？”

“可以。”

公寓楼有两层，每层两户。郁也住在二楼。和也按响门铃，不一会儿门就开了。

“身体不错吧？”

“马马虎虎。”

和也努力想挤出点笑容，但最终失败了。父子俩隔着门尴尬地站着。

“我可以进去吗？”

“请进。”

郁也的语气并不是十分欢迎，但也并非勉强。和也一边脱鞋一边悄悄地观察儿子。发现郁也对自己的来访感到十分困惑。

“实际上我是来看你母亲的，”和也实话实说，“可惜没见到人，据说她去旅行了。”

“我早知道。”

这回轮到和也困惑了。

“你知道？”

“我接到电话了。”

“什么时候？”

“大概三天前吧。”

“她说去哪儿了吗？”

“说是和朋友去遍访四国八十八处灵场。”长子的眼神中闪过一丝不安，“不是这样的吗？”

“我也是这样听说的。”

“更具体的我也不知道。”

两人的对话就像是在议会上回答质询。和也突然意识到，自己还提着一个超市的塑料袋，里面装着刚买的东西。

“买了乌龙茶，”和也把袋子提到胸前示意儿子，“来一瓶吗？”

“不需要。”

“还有木糖醇口香糖。”

郁也默默地摇了摇头。和也再次意识到莫名其妙地反复发问的自己显得非常无能，至少在儿子的眼中，自己是个无能的家伙。公寓一角是一间小厨房，和也随手找到一个杯子，倒了一杯乌龙茶，一口气喝完后又倒了一杯。郁也默默地看着父亲的所作所为，一句话也没说。

“你能经常见到母亲吗？”和也手里拿着杯子回到房间里问。

“经常见。”长子回答得很干脆。

“都聊些什么？”

“什么意思？”

郁也坐在床上。和也在窗边找到一把椅子坐下，其他也没有可坐的地方，旁边的桌子和它是一套。

“有没有聊我？”

“没有。”

“没有？”

“大部分都是我在讲啦，大学里发生的事情之类的。”

和也又喝了一口茶。郁也的眼神中流露出一丝愧疚，和也突然意识到自己的问话有些责备儿子的意思。

“她身体还好吧？”和也改口问道。

“嗯，一般吧。”

“看起来很疲惫吧？”

“为什么这样说？”郁也疑惑不解地盯着和也。

“没什么……不是说她一直照顾姥爷嘛。”

“看起来还好。”

“是嘛。”

和也忽然觉得自己现在正在做傻事，简直是特意跑到广岛来感受失恋。

“发生什么事了吗？”郁也小心翼翼地问道。

“我也想知道发生了什么事啊。”和也愤懑地说。

“怎么回事？”

怎么回事呢？自己只能用疑问句来回答儿子的疑问，这会让儿子感到难堪。然而，现在的和也就连自己的问题都只能用疑问句来回答。

“我不知道，也不知道怎么说才好。”

和也偷偷看了一眼儿子，发现郁也一副失心落魄的样子，看起来疲惫不堪，想必内心受伤颇深。想到这儿，和也的心里感到一阵绞痛。

“爸爸，你到底把妈妈怎么了？”郁也用平静的语气问和也。

和也听到儿子的这种口气，感觉自己很受伤。虽然知道儿子并非有意为之，但是，感觉好像某人正在借儿子的口惩罚自己。想了很久，还是没有办法回答儿子的问题。因为这次靠一句“我不知道”是无法蒙混过关的。这一点，和也心里很清楚。他现在很想对儿子说：郁也啊，至少请你信父亲一点，那就是我并不是一个坏人。我从来没有想过害人，一辈子只想着积德行善。

“上小学的时候，社区的儿童会组织‘日行一善’活动，”

和也随口讲道，"一善之善，善恶之善。这跟'一饭之善'是不一样的。"

和也忽然感觉自己讲的话有些可笑，噗地一声笑出声来。注意到郁也正用奇怪的眼神望着自己，和也收敛笑容继续往下讲。

"我把每天的善行，都用日记的形式记录了下来。因为不希望有空缺记录，所以很留意有什么好事可做，大体都能找到一个，但是偶尔也有完全没有思路的日子。我这边是急着做好事，确切地说，是急着往日记上写我做了一件好事。绞尽脑汁想了半天，结果你猜怎么着？我从自己的零花钱中取出十日元交给了警察，骗人家说这是我捡到的。真是可悲，日记上我是这样写的，今天我在马路边捡到十日元，把它交给警察叔叔，受到了表扬。"

和也越想越觉得今天自己来广岛是个错误。一个人躲在家里熨熨衣服也好啊。我们都变了吗？有什么决定性的损失吗？儿子们都已经这么大了。

"请回答我的问题。"郁也的语气平静而坚定。

在回答之前，和也又喝了一口乌龙茶。

"你是想问，爸爸把你妈妈怎样了吧？"和也抱着胳膊，歪着头说，"实际上，我也是因为想知道为什么，才来这里的。"

"这到底是怎么一回事？"长子郁也忍不住问道，"我一点都不明白。"

确实如此，不过和也觉得无论自己如何回答，都不会得到儿子的理解。

“总之是你爸爸我无意中伤害了你母亲。”和也解释得很牵强。

“你当时喝醉了吗？”

“没有，不是那样的。”

“那是怎么回事？”

和也感到郁也望着自己的眼神锋利无比。

“感觉这些话，从刚才开始就是在兜圈子。”

和也觉得这样同儿子讲下去，永远也到不了尽头。这个主题是无法展开的，或者说主题本身就有问题。如果是莫扎特，遇到这种情况会如何选择？当然是转调了。

“你看过戈尔[16]的电影吗？”

“你说的是《难以忽视的真相(An Inconvenient Truth)》吗？没看过。”

和也终于找到一个儿子能够理解的话题了。

“跟它有什么关系吗？”郁也忽然想到了什么似的盯着和也，“等等，爸爸接下来要说的，是被忽视的真相吗？这是怎么一回事？这不是真的吧？”

“嗯，我明白你的意思。”和也笑着回答，“说的当然不是

[16] 艾伯特·阿诺·戈尔（Albert Arnold "Al" Gore, Jr.，1948.03.31 —）美国政治家，曾于1993年至2001年间在比尔·克林顿执政时期担任美国副总统。2000年美国总统大选后成为一名国际上著名的环境学家，由于在环球气候变化与环境问题上的贡献受到国际的肯定，因而与政府间气候变化专门委员会共同获得2007年度诺贝尔和平奖。

这种事。”

又喝了一口乌龙茶，和也觉得自己更喜欢这个儿子了，继续开始往下讲。

“电影中戈尔说过这样的话。大家都认为地球是个很大的东西，远远超过人类这种渺小生物所能改变的范围。但是，大气层就像地球这个球体表面涂的一层油漆，是一层薄薄的膜而已。它维持着气候，控制着地表环境，保护着整个地球生态体系。但因为它很薄很薄，因此很容易受到人类活动影响。以二氧化碳为首的温室气体极大地改变了这层膜的成分结构。也就是说，可能导致人类灭亡的变化，很可能远比我们所想象得容易得多，而微小的变化往往足以引发剧变，到那时一切都完了。我们也许都生活在这样一种危险的平衡之中。”

郁也的脸上写满了困惑，注意到这一点的和也感到很悲伤，因为是自己造成了这一切，他觉得自己已经无处容身、万劫不复。在和也的内心深处，小声地辩驳着：儿子啊，我含辛茹苦地养大你，可不是为了看你这张苦脸的。之所以养你们是因为你们幸福洋溢的表情，让我感到人生有意义……

“妈妈一直在躲着爸爸吧。”郁也的话一针见血地指明了真相。

“是你妈妈说的吗？”

郁也低着头没有作声。

“果然如此。”

“不是这样的。”

“那为什么，要说这样的话？”和也一方面克制自己不能逼问儿子，然而令他困惑的是，自己却控制不住自己的嘴巴里冒出的那些截然相反的话。

郁也犹豫了一会儿，开始发起新的挑战。“那为什么会出现现在这种局面？”郁也的讲话方式同和也如出一辙。之后他的嘴巴就像决堤的洪水一般滔滔不绝。“不奇怪吗？无论怎么找理由说姥爷身体不好，妈妈一直躲在这儿生活是显而易见的事实，她不回家已经好几个月了吧？任谁都会产生怀疑，这种情况绝不普通，我想俊彦的想法也跟我一样。只有爸爸你一个人不这样认为。眼前的局面，你打算怎么处理？”

和也直觉地认为，郁也一定知道些什么，却还没有说，他一定掌握了某些证据，认定导致母亲不幸的是眼前的这个男人。否则作为长子，他不可能如此对父亲不依不饶。

“郁也，你到底知道些什么？”

听到父亲喊自己的名字，郁也怯生生地望着自己的父亲。和也用家长的语气继续说道。

“能说给我听听吗？本来打算直接问你妈妈的，可暂时见不到她。如果你知道些什么的话，请务必告诉我。这也许会成为解决问题的关键。作为父亲，我也会尽我最大的努力。”和也觉得自己的语气像极了照着稿子念的播音员。

和也感觉儿子很迷茫，或者他实际上也并不知道什么。只是从近距离观察母亲后，作为儿子的一种直觉而已。那种直觉或许并没有错，或者说连和也自己也不得不承认这一点。

郁也陷入了长久的沉默。和也很想站起来抱住儿子，想对他说：儿子你别担心，有爸爸在。但是，自己这个做父亲的却让儿子担心，让儿子害怕。因为这个男人有能力让母亲心碎，对这种力量，儿子一定非常敬畏。和也觉得此时无论自己做什么，都会加重儿子的恐惧。这样一来，拥抱就更不用说了，就连站起来说话，甚至呼吸都是禁忌。

另一方面，和也却希望别人能抱抱自己，对自己说上一句：别担心，你会没事。但实际上真的没事吗？事态已经如此严重。在戈尔看来，地球暖化是个加速推进的过程，潜在的影响会很快浮出表面。还能挽回吗，或者现在已经超出了底线？

第七章···接近自己的人

八月末，母亲住进了医院，主要目的是针对迄今为止那些经常出毛病的器官进行一次精密检查。检查项目还包括从腕部静脉注入造影剂检查心脏。和也签署同意书时，主治医师对和也解释说母亲已经年过七十，做这种检查，生命受到威胁的可能性并不是零。为防不测，和也本应到场，但他觉得也不能因此就停止牙科医院的营业，只能安慰自己意外发生的几率很小，暂且完成一天的牙医工作再说。

万幸的是，母亲的检查很顺利。傍晚和也到医院探访，发现接受检查后的母亲反应很大，眼睛紧闭，直挺挺地躺在床上。望着母亲的样子，和也突然想到，假如父亲还在的话，做了几十年夫妻，或许也会出现自己目前所遇到的问题吧。两个人的心毫无预兆地远离，无法相互理解。真不知道这个世上的夫妻都是如何度过日益临近的危机的。现在的他觉得一对男女心无芥蒂地共同生活简直就是一种奇迹。

比如说，每当听到某妻杀死暴力相向的丈夫，并把遗体肢解、丢弃之类的故事，和也都觉得罪不至此。悲剧发生前，为什么不能果断地选择分手呢？但是，因为并不了解对方的头脑中在想些什么，甚至连自己头脑中的状态也无法准确地把握，所以也许这种情况在任何家庭都有可能出现。

那是郁也还在上幼儿园的时候。和也和儿子在客厅开心地做游戏，当时俩人经常这么玩打仗游戏。郁也一时玩得性起，和也这边也开始不知轻重地下手。虽然他想控制，但还是超出了限度，即使孩子喊“不要啊”，和也仍然没有停手。最后郁也哭了起来，挣脱和也的手，跑到厨房拿出了菜刀。听到孩子带着哭腔喊着“我要杀了你”，和也突然对自己的儿子产生了恐惧，也就是说在未来到来之前，提前对自己年仅五岁儿子感到恐惧。

以一些细小的争端为契机，家庭成员之间成为对方的恐惧源头，这样的事并不是没有。刚开始可能是一些争执，矛盾逐渐加深，最终达到无法弥补的地步。因此对于家庭关系的关注必须长期、持续进行。这就像牙周病的预防一样……和也突然觉得自己职业化的比喻习惯性地用得太多。

一句话也没说，和也安安静静地在病房里坐了快一个小时。直到母亲发出轻微的鼾声入睡，和也才同值夜班的护士打了声招呼离开了医院。在外面简单吃完晚饭，晚上九点前和也回到了家。和也心中嘀咕母亲住院的事情还是不要告诉哥哥靖彦为好。自从哥哥住到长崎医院后，两人通过好几次电话，不过这天靖彦没有打来。和也也没有主动打电话的习惯。也许是出于避免哥哥好容易平静下来的神经受到不必要的刺激考虑，和也非常抵触打电话这件事。

第二天，和也调整了预约，午休的时间较平时延长了一个小时。趁这会儿工夫，和也驱车去了母亲所在的医院。因为主治医师今天会边看监视器，边针对母亲的治疗进行说明。按照约定来的一位循环内科医生看起来比和也还要年轻，大概只有三十四五岁。据他讲心脏本身并未发现异常，甚至可以说这种年纪，这已经算非常健康了。只不过从心脏向外供血的血管存在不定期收缩、变细的现象。而这正是母亲感到心悸、胸闷的原因所在，但是病因尚不清楚，目前暂时只能考虑是体质的问题。因此根本性的治疗尚谈不上，只能进行对症治疗，针对症状进行控制，以观察为主。但因为机会难得，索性多花点时间把头部、脚部的血栓也一并检查一下。

与主治医师会面结束后，和也回到病房，发现母亲经过一个晚上的调养精神状态好多了，但还是觉得检查的过程太过辛苦，忍不住抱怨“真是个了不得的检查”。

“医生说检查过程完全无痛，但是插管的地方还是痛得不得了。”

看到左手上用纱布包扎好的伤口还贴着医用创可贴，母亲不禁皱起眉头，不过语气上还是透着渡过难关的平静。

“对了，上午你住在高知的伯父带着儿媳敏子来看我了。”母亲的话让和也很意外。

“大老远从高知来？”

“据说你伯父也是因为身体不适，在松山医院做检查。虽然这件事以前曾经打电话告诉过我，不过我把看病的日期给忘了个一干二净，没想到竟是今天。”

“哪里不舒服？”

“我又不好问。”母亲含混地一语带过，脸上现出担忧的表情。“据说一个月前在田地里晕倒了。”

“是脑血栓吧。”

“具体情况我也不清楚，不过据说近期要做手术。”

“在哪家医院？”

母亲报了市里一家大型公立医院的名称后，用略感疲倦的语气自言自语地感叹道：

“人上了年纪，什么病都来找，实在很烦人。”

和也本来想八月份去看一次哥哥靖彦，可一直未能成行。原因之一是去长崎要比想象中麻烦得多。松山与长崎之间没有直通轮渡，如果坐飞机的话只能从福冈机场转乘火车。而从博多到长崎坐火车需要两个小时，打车到医院还需要三十分钟。即使上午出发，到的时候也都下午很晚了。

靖彦夫妇和宽子送自己到机场的画面，在和也的脑海中久久未曾离去。临别之际，兄弟俩之间曾经有过这样的对话：

“过几天我再来看你。”

“没关系的，不用勉强。”

和也想笑但笑容却不知不觉僵在他脸上。哥哥靖彦倒是依旧一副面无表情的样子，不但没有搭话，甚至连一丝感情也未曾流露。然而，和也却理解自己的哥哥，因为哥哥与自己是同一种人。从很久很久以前，两个人就一直是同一种人。因此，此时的和也非常希望能跟哥哥聊聊天，很想多知道点哥哥的事情。这样的话，对于了解到底是什么导致自己处于目前这个状况，也许能够提供某种启发。可也许哥哥什么话也不会说，特别是一谈到重点的时候。

哥哥靖彦经常来电话。之前阳子所讲的观察疗程现在可能已经在进行中。

“从早上八点到晚上七点，上周一直是在做这件事情。”靖彦用略带烦躁的语气说，“在日式房间的一个角落立一面屏风，回忆小时候的事情。母亲替自己做了什么，自己又做了什么，给她添了什么麻烦，中间见过几次面。母亲之后是父亲，再后来是兄弟……就这样一直想下去，好像是在写口供。总之，就是反省人生，追溯往昔，重温旧日时光。”

“很辛苦吧。”和也问道。

“反正不是一件简单的工作。”靖彦的语气非常平稳。“意外地发现自己的记性很好。什么也不干的时候，就连平时忘掉的事情都能想起来。但是记忆这种东西就好像过筛子一样，只有自己喜欢的才会留下来。要回忆不愿意想起来的事情是非常辛苦的。”

“可以把它当作精神修炼来进行努力。”

“可我的精神已经被侵蚀殆尽了。”靖彦自我解嘲地说。

“无论是谁，其精神或多或少都会被侵蚀。”

谈话至此停顿了下来，和也在心里默默描绘着哥哥靖彦一边手持电话，一边思考的样子。

“喂，喂。”

“我突然想起自己负责制作新闻节目时候的事情。”靖彦澄清事实般地说道，“电视上不是有新闻时间嘛，责任编辑就是新闻编辑。”

“这个工作都做些什么？”和也附和说。

“负责安排新闻播出的顺序与时长。最难的是时长分配，播音员读稿子的速度一般是固定的，习惯了的话就能根据字数直接去判断。工作内容就是把记者交上来的原稿读一遍，调整一下。即使是一段新闻的原稿，根据每个播音员不同，会有三十秒至三十五秒的差别。”

“这个类型就多了吧，有的人说得快，有的人说得慢。”

“年轻的播音员一般语速较快，有经验的就比较慢些。做这个工作需要对这方面有所了解，记住每个播音员的特征，增加或者减少原稿字数。但是根据节目需要，有时需要一个人中间不停顿地读。例如夜里八点四十五分开始的地方新闻，需要一名播音员一口气读到天气预报。如果是年纪大的，有时候是必须喘口气的。”

和也不觉笑出声来。

“前半部分和后半部分，需要设定不同的语速吧。”

“这种微调，最为复杂。”

“这是我们这些观众所不知道的辛苦之处。”

“但也很有趣，选择恰当的时机把本地画面一下子切换到全国播放的时候很有快感。”

靖彦用怀念过去的语气说了几句，一时间陷入了沉默。然而和也却感觉哥哥还有话要说，耐心地等待靖彦打破沉默。

“我经常感到困惑。”靖彦自言自语地说。

“为什么？”和也忍不住反问。

“生与死到底是怎么一回事？”

就像掉进了靖彦设下的陷阱一样，这次轮到和也沉默了。

“自己也觉得不可思议，过去几十年了，我基本上没有想过去世的明子。”靖彦似乎对自己所说的话感到很惭愧，“要不是你提起那张照片的事情，过了这么长时间，我已经把明子忘得干干净净了。”

和也立即想起来，哥哥靖彦所说的正是小时候用父亲相机拍摄的那几张成像模糊的照片。

“所谓弃之不顾，就是这个意思，但在我看来，这并不算是怠慢死者。”靖彦的语气很平淡，“这也是为了避免随便回忆可能导致的感情变化和伤害，或者说是出于保存的需要。如果希望能加以恰当的解释，就可以这样理解。”

“这就像爷爷把不能骑的自行车仔细用报纸包好收在杂物间里面的做法一样。”和也附和着哥哥的话，“或许咱们家有这种遗传基因。”

靖彦轻声应了一声表示赞同后，开始用深奥的术语进行解释：“也许记忆也有类似远近法一样的机制。”

“从无数的记忆当中，选择很少的一部分加以意识化，分别扩大或者缩小每个片段，甚至改变设置……也就是改变记忆的远近法，并进行修正，以便保持我们从过去到现在延绵不绝的自我形象。但是这样保存下来的自己或自我，像我这种情况下就是病态的。为了进行治疗，也许必须分解远近法本身，而这家医院所做的似乎就是这个。”

靖彦似乎已经得出了结论，谈话看起来快要结束了，和也耐着性子等待哥哥结束沉默。正在这时，靖彦用好像小孩子取出珍爱的玩具般的语气问了一句：

“小时候全家一起去海边游泳的事情，你还记得吗？”

“有这样的事情吗？”和也很吃惊。

“当时每到夏天，全家经常到赤松去的。”

“我一点印象也没有。”

“我记得还有一张全家福的照片。”

“全家福？”

“爸爸、妈妈、你、我，再加上明子妹妹……全家五个人。”

听了靖彦的话，和也一句话也说不出来，举着话筒陷入了沉默。

“这些事情我一直都没想起来过，”靖彦的腔调也有些伤感，“如此重要的事情，被我们随随便便就忘掉了。”

母亲住院的时间比原来预计的延长了几天。因为经过检查诊断出了肺气肿、静脉血栓等几种病症，要趁这个机会可以尽可能治疗一下。像往常一样，晚上七点，和也结束了一天的工作。在完成最后一名患者的治疗后，他把剩下的工作交给牙科医院的护士后就出了门。途中简单吃了晚餐，到母亲所住的公寓时已经八点了。三室一厨一卫的房间里，靠北面的一个屋子，被母亲作为杂物室和书房使用。和也和哥哥靖彦以前用过的学习桌直到现在还在继续履行着它的使命，只有椅子换了把新的。

母亲所要的诗集很快就找到了。不知从什么时候起，母亲喜欢上了写诗，到现在已经足足有三十年的创作历史。据说最初是在图书馆同事的鼓励之下，从参加某个小规模的诗友会活动开始的。开始创作不久以后，母亲开始向季刊的同人杂志投稿，一投就是五六首。几年前母亲七十岁生日的时候，和也、靖彦兄弟俩共同出资把迄今为止发表的诗歌收成一个小集子出版了。书架上有很多诗友寄来的诗集，这些作者长期跟母亲在同一本诗歌杂志上发表诗作，母亲打算住院期间读完几本。

虽然是母亲的住房，但是在主人不在的时候闯进来，总让人感觉不太自然。于是和也拿了母亲要的诗集后就打算出门了。恰在这时，有一样东西吸引了他的注意。在他关掉书房的电灯转身去起居室的时候，无意中看到电视旁边的书架上摆着或新或旧的十几本影集。有些和也曾看过，但不是他要找的那本。家人的照片还保存在其他几本影集中。和也耐心地一本一本打开看，无论哪本相片都按照年份摆得整整齐齐，有些甚至还附有父亲亲手写的说明。

很快和也就找到了想找的照片，正如靖彦所说，那是一张全家人一起在海边玩的照片。可能是在海边小屋拍的。身着运动衫的父亲，虽说年纪轻轻就染上了结核病，身体看起来却非常强健，肌肉结实。当时上小学的哥哥靖彦穿着泳裤，姐姐戴着一顶白色的遮阳帽，母亲则是把自己抱在膝头，除了和也之外的四个人笑容都很灿烂。和也猜想这张照片一定是父亲拜托别的游客帮忙拍的。

电话里哥哥靖彦曾经提到“赤松”，那是当时故乡所在城镇郊外海滨浴场的俗称，当地人都这么叫。由于有一块被海水侵蚀过的天然奇石，这里也被称为“觋岩游乐场”，但实际上并没有游乐设施，除了海水浴场的象征——模仿龙宫城的建筑物之外，还有卖小吃的饭馆和小商店、淋浴室、秋千、跳台等主要建筑，海鲜大排档里还经常有公司组织聚餐。

记得照片上的海边小屋建在距离海滨较远的树林里，在和也的记忆里，好像当时父亲背着他走了一段山路才到。面积 15~20 ㎡的房间有两三个，按间出租。配有厕所并供应自来水，过夜很方便。回忆起这些事情之后，和也重新观察这张照片，里面父母、兄妹，以及当时只有两岁的自己，一家五人一个也不少，不禁感叹自己曾经有过一段短暂的五口之家的时光。

从和也记事起，所谓家就是母亲、哥哥和自己三个人而已，这是家的常态，因此父亲和姐姐在世时的五口之家，对他来说，似乎是以前的家或者是家的前身。仿佛那是自己降临到这个世界上之前所属的、未出生之前的家。那些家人的面孔就像冥界射来的光芒一般轻柔地触碰着和也。如果是祖母的话，此时一定会念“南无阿弥陀佛、南无阿弥陀佛”。而和也不信教，他只感到自己的心正在被一种淡淡的失落刺穿的痛苦。

真是不可思议，和也觉得自己曾经所处的位置，并不在拍这张照片的地方，而是在照片上，这是一种超现实的存在。五口之家共同生活在一个世界上的日子，是一段很短暂的时光。短得让人感到残忍，现在看来，与漫长的人生相比，那简直如白驹过隙、稍纵即逝。拍完这张照片之后，只过了短短的几年，照片上的几个人都像这个膨胀宇宙中的星星一样相互远离，遥遥相望，再难聚首。

因此，这是一个奇迹。和也不禁感叹。这张照片上留下的情景在这个世界上是唯一的，只会出现一次。在那短短一瞬间，整个世界都圆满了，没有任何缺憾，实在是奇迹中的奇迹。幼小的自己被母亲抱在膝头，全家欢聚一堂，五双热切的眼睛望着同一架相机，那是个爽朗的夏日……

雅美来信了。上面盖着廿日市市内邮局的邮戳，看来她的参拜之旅已经完成了。竖排的信纸上整整齐齐地写满了和也熟悉的手迹。这是一封很长的信，开头记录了四国遍访的旅程。

从德岛到高知的旅途中，能看到太平洋一侧连绵不绝的壮丽海岸。有一次看到在夕阳余晖映射下的沙滩上，一对年轻夫妇正带着孩子玩耍。小男孩大概只有三岁，牵着母亲的手站在海边观潮。每当潮头缓缓地冲到脚边的时候，为了避免鞋子被打湿，两人马上转身向后逃跑。欢笑声此起彼伏，两人也乐此不疲地玩了一遍又一遍。年轻的父亲大部分时间都在逗狗玩。每次他把橡皮球用力投到浅滩附近，小狗都踏着浪花去追，然后再摇着尾巴衔回来。看他们玩得很开心，我也产生了养狗的想法。

灵场附近大部分的宾馆和酒店都是面向朝圣者的。住在这里，坐巴士游览。因为是以前弘法大师曾经修行的地方，所以作为签到点的寺庙所在的位置一般都很偏僻。很多时候需要从停车场爬很长的台阶或者登上很陡的急坡，不过也多亏了这些辛苦，到了夜里睡得很香，食欲也旺盛。雅美还略带自嘲地写道：“与出发前相比，体力也有所增加。”

回来后，我也尽力保持散步的习惯。父亲睡午觉的时候，有时会一个人散步到很远的地方。我最喜欢的地方是从家里出发步行三十分钟就能到达的森林公园。自然生态保存得非常完好，能看到很多野生的鸟类。现在这个季节，能经常碰到乌灰鸫。它落在地上用喙啄泥土，寻找小虫子的样子看起来非常有趣。因为是候鸟，估计很快就要迁徙到南方去了。我猜它肯定是在为迁徙作准备，储备充足的营养。

小鸟们很快就要离开，而我怎么办呢？不清楚自己有没有能力离开，因为我也不知道该往哪儿飞。没有可去的地方，感觉天下之大无我容身之处。傍晚在公园散步的时候，经常碰到年轻的情侣，在长椅上拥抱、热吻，着实令人难堪。每到这时就会勾起我对往昔的回忆，心里就像打倒了五味瓶，很不是滋味。我们俩也曾有过像这样注视对方的时光，可不知什么时候起，竟陌生到了今天这步田地。

旅途中，我经常回忆孩子们还小的时候的事情。印象最深的是有一个冬天，街上难得积了很厚的雪，你和孩子们在家门口的草坪上玩，到现在差不多已经过去快二十年了。当时郁也、俊彦都还在上幼儿园。那是个星期天的早上，草坪的积雪上还干干净净一个脚印也没有。我从起居室的窗户看到你和孩子们在雪地上走，三个人走过之后，脚印留在雪地上清晰可辨。当时我感到一种难以言传的巨大幸福感将我包围，那是一种实实在在的、被幸福的漩涡吞噬的感觉。你们三个在洁白的积雪上一路走，一路留下清晰的脚印……我很想大声对大家说，快看，那是我的家人，感觉特别自豪，特别痛快。而现在，这一家人不知道走到哪里去了。

在巡礼的地方，遇到了很多人，他们一个个和善而亲切。能够从日常生活中的繁杂之中解脱出来，放松心情，人自然就会变得和善。可大家都是发愿来遍访的，我想每个人都有自己的烦恼与苦闷。中间还有身患重病仍坚持前来的人，让人肃然起敬。也许别人看我也是这样。身处巡礼之途，每个活着的人，都在缓慢地走向死亡。擦肩而过的死者与死者之间，互相报以微笑，打着一辈子仅有一次的招呼。我想这世上一定有向死而生或者以死为生的时候。

我自己总有这种感觉。不知道是从什么时候开始，就已经变成这样了。从好几年前开始，我就觉得自己虽然活着但却像一个死人。我一直很困惑该不该对你讲，也不知道该如何讲。可是今天，我想说清楚：是你杀了我。每天每夜你都在慢慢地杀我，因为和你在一起，我觉得自己还不如一具肉体。

吃晚饭的时候，你眼睛盯着电视机一声不吭，我跟你讲话，甚至叫你名字你也不答应。不知道你是故意无视我，还是真的没注意到我。刚开始我以为你有了别的女人，可很快就明白事实不是这样。你的身上正在发生一种更加病态的、可怕的转变。

每次我提起这件事，你都会立即变得冷若冰霜，并且陷入沉默，仿佛离我很远很远，遥不可及。我已经完全无法理解你了。确切地说，我不清楚你是怎么看待我的。在你的眼中，我是否比一件物品或风景更高级呢?

我觉得在你心中有一片我无法进入的空间。有时候我会觉得坐在自己面前的这个人好陌生、好陌生。我默默地祈祷：快停下来，请不要再这样下去了。不过我的心声，你一定没有听到。我觉得这样下去自己会崩溃，实际上我已经临近崩溃的边缘，好几次我都想到死，甚至写好了遗书。也许你觉得这是开玩笑，但我真的是已经被逼到绝路上了，只想早点从你身边离开。我必须从这个自己深爱并且走到一起的人的身边离开。

这封信是要写给谁，我自己心里非常清楚。我是一边想象着你的表情、你的声音，一边写下这封信的。可是等回到家面对你的时候，我又会觉得你很陌生，为此我非常担心。我现在也不知道什么时候能再回到你那儿，或者已经永远不能回去了。

第八章 · · · 什么也保护不了

九月份刚到，家住高知的伯父就突然来访。据说是为了去问之前松山医院的检查结果，让大儿媳妇开车带他来的。上午检查结束，伯父他们吃完午饭才来和也这里。听伯父说儿媳去城里买东西了，一个小时后来接。和也正在享受下午两点前的午休时间，见到伯父来访，连忙跑到客厅泡茶招待。

“雅美呢？”伯父问的问题与其他人如出一辙。

“去照顾她父母，回广岛老家了。”和也的回答也了无新意。

“那你可受累了。”伯父安慰和也。

伯父的年龄比和也去世的父亲大三岁，今年已经七十七或者七十八岁了。和也听母亲说他从警察职务上退下来后，又在治安室工作过一段时间，几年前也不干了，现在过着悠闲自在的生活。

“检查结果如何？”和也拉家常般地切入正题。

“看来还是需要住院治疗。”老人好像是在谈别人的事情一样说得轻描淡写，“伽马刀，阿和听说过吧。”

伯父是想借助谈治疗方法来避免自己担心他的病情，然而和也明白，一旦使用伽马刀，如果是头部疾患的话，一般来说就是脑瘤。

“使用钴元素进行照射，”和也努力保持乐观的语气，“在不伤害健康细胞的情况下，针对患病部位进行狙击，我想治疗效果会很不错。因为这种疗法不应用在患部较大的情况，据此推测伯父您的病灶应该并不大。”

“医生也是这么说的。”伯父的声音里透露着希望，“大概只有两厘米大小。不过，要折腾脑袋里面的东西的话，谁也不知道会发生什么。我想先把这个给你，以防万一。”

伯父取出一个装橘子的包装箱大小的厚纸盒，以及一个用报纸包好的拳头大小的东西一并交给和也。

“这是什么？”

“智彦的遗物。”

“我父亲的？”

拆除河边老屋的时候，祖父存下来的和也父亲的遗物交由住在高知的伯父代为保管。至于为什么没有交给母亲，其中的细节和也就不太清楚了。厚纸盒里面装着一些旧日记本和杂志之类的东西，看起来应该像是故人学生时代的物品。因为是跟本家有渊源的东西，所以遗物没有交给配偶而是交给了继承家业的长子，而现在则再次把它交还给有血缘关系的和也。这样一想，和也觉得也合情合理。

伯父一副使命完成的表情，一边小口喝着茶，一边漫不经心地看看和也家里的摆设。忽然一个东西吸引了他的注意力，他颇感兴趣地问道：

“这就是阿和的孩子吗？”

顺着伯父手指的方向望去，那是一个音响架上装饰的相框。里面有一张和也在海边拍的照片。

“那是哥哥的独生女，名叫宽子。”和也取过相框递给伯父。

“哦，是阿靖的孩子啊。”伯父仔细地端详着照片，满意地点点头。

“几岁啦？”

“大概八岁吧。”

“八岁啦，那阿靖现在在哪儿？”

“福冈。”

“离这里很近嘛。”

“盂兰盆节的时候曾经来我这儿玩过一段时间。”

“下次叫她来高知玩。”

伯父把相框还给和也放回原位。

“照片有什么问题吗？”和也随口问了一句。

“没什么。”伯父转头望着相框，小声说：

“是叫宽子吧，感觉很不可思议。”

“什么意思？”

“跟我们的明子很像。”话说到这里，老人茫然若失地望着和也，表情似乎很担心和也不能理解他的意思。

“明子是？”和也下意识地问。

“我妹妹。”

“空袭中去世的那个吗？”

“没错。”

伯父亲自打开了拿来的那个用报纸包着的东西，取出一张镶在破旧画框中的油画。和也在看到这幅画的一瞬间，不禁“啊”地发出一声惊呼。画中赫然描绘着一支插着天竺葵的花瓶和一位手拿假花花瓣的年轻女人。竟然和之前哥哥靖彦所描述的一模一样。

“这是阿和你的父亲，上高中时画的。”伯父用平淡的语气说出了一个惊人的事实。“你父亲画的画，现在就只留下了这么一张。”

和也重新审视这幅画，没有什么特别的感慨。

“阿和你觉得如何，画中描绘的女人是不是和照片中的女孩很像？”伯父开导和也。

和也听他这么一说，感觉说像也像，也就这种程度了。

“我觉得像是母女或者兄妹。”受到没反应的和也的刺激，伯父不服气地说了一句。

哥哥口中念念不忘的天竺葵之画轻而易举地到了自己手里，而且这幅画还是父亲年轻时候亲手画的。刚才短短的几分钟发生的事情，让和也感觉过于不可思议，大脑一片空白，没法跟得上对方的思路。等他回过神来的时候，老人已经开始絮絮叨叨地进行解释了。

“这么说，这幅画画的是战争中去世的明子了？”和也努力把支离破碎的思绪整理了一下。

“可以这么说。”伯父困惑地望着和也说，“应该说智彦也并不是照着本人画的，首先，这是不可能的事，我们的明子不到五岁就死了。”

“我们的明子”，这一说法在和也耳边萦绕。

“话虽如此，不过如果明子还活着的话，一定已经长成这样的大姑娘了。”伯父自言自语般地重复了一遍给自己听，然后一字一顿地讲起来。

“见过明子的人，看到这幅画都会这样想。虽然不知道是否是画的人有意为之，可大家都是这么看这幅画的。所以一直把它当作珍宝一样保管，直到今天。”

这些话和也明明第一次听说，不过感觉却像听过似的非常熟悉，仿佛以前听过很多次。另一方面，故事的轮廓模糊不清，需要特别用心地去听，去辨认，就像曝光过度的照片一样，意识整个褪色、变透明了。在没有参照的时间里，和也回忆起自己年纪尚小、才刚懂事的时候，曾在祖父家吃过豆腐加蒟蒻制成的奇怪食物。当时应该是夏季，那天好像是战争中去世的姑姑的忌日。只存在于故事中的明子每年夏天都会借亲戚之口，像傍晚时节习习的微风一般，在轻柔地触碰一下和也的脖子后离开……

昭和二十年（1945 年），无条件投降一个月前的七月中旬，那天从前天开始下的大雨还没有停。五月份城区遭到大规模空袭，六月份也有几架轰炸机前来投弹轰炸。街区基本上已经完全烧光，就连伯父家住的房子也被烧毁了。即使如此，美军的空袭仍然不依不饶地持续着。祖父认为待在市区非常危险，打算托朋友帮忙把孩子们疏散到郊外的农村。让当时还在上小学六年级的和也兄弟俩的父亲智彦、五岁的妹妹明子，以及祖母三人先走。考虑到伯父已经上了中学，带着他也不会成为负担，于是祖父就依从他的意愿，两个人留在市里。一家五口就这样被拆开在两处生活。

那天，在寄住人家的昏暗灯光下，伯父和祖父同一众亲戚们吃完简单的晚饭。大家一致判断在天气这样恶劣的夜里，不会有敌机来袭。伯父厌倦了听这些茶余饭后闲话般的战况分析，一个人回了借住的房间，早早地铺好自己的被子，在枕头边准备好防空头巾，按照当时的习惯，不脱衣服钻进了被窝。等他再次醒来时，已经是夜里十二点，旁边传来祖父的鼾声。看来今夜平安无事，伯父刚想继续睡觉，耳边突然传来凄厉的空袭警报。睡在旁边的祖父一咕噜爬了起来，此时，熟悉的 B29 轰炸机螺旋桨的轰鸣声已经清晰可辨。

在祖父的催促下，伯父空手跟着他跳进院子里挖好的防空壕里，很快亲戚们也都来了。伴随雨声的爆炸一声声逼近，有时还能感到强烈的震动，大量的雨水流进防空壕，腰部以下都被浸在泥水里。祖父打开防空壕的护板，外面亮如白昼，抬头望去，大雨中无数的燃烧弹落了下来。城里已经有多处蹿出了火苗。"咻、咻"，附近传来了一阵特殊的降落声。伯父捂着耳朵蹲在防空壕的一角，头顶上闷雷般的爆裂声连番炸响，伯父不知不觉就昏了过去。等他再次醒来，发现壕沟中的积水上一团火焰正在熊熊燃烧，亲戚和祖父正在拼命用脚踩踏灭火。

继续待在这里很危险，大家都爬出了防空壕。正在这时，不知从哪里溅来一大团燃烧液，粘在伯父腿上，火一下子就着了起来，伯父连忙摆动腿，想把它甩掉，但是，粘稠的油液即使用水浸、用土盖都弄不掉。幸亏一个亲戚从壕沟里拉出一块浸湿的席子卷在伯父腿上，这才把火扑灭。祖父从远处取来两床褥子，两人一人头上披一床，冒着大雨往郊外跑。

到处都是正在燃烧的房屋。大街上遇到的人一个个也都是披着被子冒雨往城外跑。路上还碰见几个因为受伤蹲在路边的人，但此时各自逃命，哪还有工夫帮助别人。通过小学大门前的时候，伯父还注意到房屋蔓延燃烧的烈焰映在校舍的窗户玻璃上火红的一片。路上还有个陌生人抱住伯父的腿喊"给我点水"，伯父求他"请再忍耐一下"，他才放开。褥子沾了雨水变得越来越重，只好丢弃在半路上。

过了一座长桥，伯父和祖父沿着河朝上游一直跑，不久就和亲戚们跑散。走走跑跑，跑跑走走，渐渐地已经跑出了城区范围，周围都是水田或旱田。背后升腾的烈焰看来也没有追到这里。又走了一会儿发现一间简陋的小屋，可能是附近农家用来放置杂物的。两人决定暂时在里面躲一躲，但是面积只有几平方米的小屋里已经挤满了从城里逃出来的人，好说歹说终于在里面的一个角落找到了一个立足之地，两人这才平静下来。从这里朝城市的方向望去，一切都在燃烧，在夜空与地面之间，白色、红色、黄色、蓝色，数不清的明亮光球或升或落，照得人头晕目眩，无论是天空还是城镇，一切的一切看起来都在晃动。

祖母和两个孩子避难疏散的农舍在山里，顺着后来祖父盖的房子门前流淌的小河向河口方向走一段，再沿着海岸走几公里就到了。城镇遭到空袭的同时，在这个被认为是安全的疏散地也有几架轰炸机跑来疯了般地投放燃烧弹。这座农舍孤零零地建在山脚下，周围只有一片小树林。燃烧弹爆炸后，大火在雨中疯狂燃烧。户主因为担心大火会蔓延到屋子，让大家先到田地尽头的小屋避难，于是大家又冒雨跑到外面。

沿着坡道走几百米，下了坡地势变得平坦。这里修有水田，沿田间小路上到一个土河堤上，再走一会儿就到小屋了。可是从城里来的年仅五岁的小姑娘缺乏方向感，本来是跟着前面的人走的，可是走着走着就因为下大雨天又太黑就跟丢了。小姑娘在上了土河堤后还是继续往前走，一脚踏空直接掉到河里了。平时这条河水量并不多，但是由于从前天开始下大雨，水势很大，浑浊的河水湍急异常。流水声和雨声、爆炸声搅在一起，使她没有察觉。一直等到雨停后的第二天，遗体才在城外的海边被人发现。谁也没想到，竟然被山里的小河带走了那么远。

和也静静地听着伯父平静地谈论战争，就像是在倾听隔壁的对话。这些话语进入耳朵里后，和也感觉自己的心结正被悄悄打开，他已不再是在主动地听，而是在用耳朵倾听那些声音所记录下来的自己的回忆。无论记忆的人还是被记忆的人，都已经成为遥远的死者。只有这些没有主人的记忆，像夕阳掩映下的海市蜃楼一样缓缓升起。和也仿佛是个旅人，正在静静地眺望着这片风景。

和也忽然回过神来，询问伯父："您清楚明子去世时的具体情况吗？"虽然是朴素的疑问，话说出口就变成了诘问的语气。而此时，对方一个人滔滔不绝地正讲得起劲。

"哦，我很清楚。"伯父铿锵有力地回答。"家族里也讨论过多次，而且警察也给出了调查结论，当时在场的人的证言也对得上，我们相信明子就是这样死的。"

在那个暴雨之夜，为了躲避燃烧弹的烈焰，祖母和和也的父亲，还有姑姑明子跑向田地对面的小屋避难。疏散地的户主夫妇带头跑在前面，后面是刚上六年级的父亲，再往后是祖母拉着五岁女儿的手跟在最后。据说祖母还对跑在前面的和也的父亲喊了好几声，说跑那么快明子会跟不上，可年幼的父亲依然没有让脚步慢下来。接近小河的时候，祖母发现自己的防空头巾散开了，于是就松开了一直紧紧拉着的女儿的手，一边重新打结一边往前走。可就是这短短几米的路，两个人走到了小河的边缘，祖母跟在小姑娘后面几米处。田间小道在河边被土河堤挡住，土河堤很窄，必须迅速改变身体的方向。但是大雨和黑暗遮蔽了视线，小姑娘往前多迈了一步。或许是暴雨淹没了她的呼救声，也或是根本没有时间呼救，小姑娘一声不吭地被河水吞没了。

祖母发现女儿从自己眼前消失了，立刻明白发生了什么。她马上循着湍急的河水往下游寻找，发现没有后再次回到落水处找，然后再去下游找……疏散地的户主夫妇发现有情况折返时，看到已经陷入半疯狂状态的祖母自己也要跳入急流，连忙死死抱着她，阻止她这样做。

倾听着发生在六十多年前的这一幕，和也不禁感到这段记忆仿佛就像是心灵的伤口。此时的和也终于明白祖母在信仰和念佛中度过一生，从某种意义上说，也可能就是把疏散时女儿的死归咎于自己，从而一辈子念念不忘的缘故。而祖父则没有办法因为女儿的死而责怪任何人，因而在漫长的岁月里，他养成了沉默而脱俗的性格。对他来说，河边的家是心灵上有创伤的人相互依偎在一起生活的地方。

正当静静倾听的和也心情低落到极点的时候，伯父讲述故事的日期发生了变化。从空袭逃得性命的祖父和伯父两人在避雨的狭窄小屋里一直躲到天亮。大雨在天亮前就停了，谁也没想到第二天竟会是个万里无云的大晴天。伯父从小屋钻出来，抬起因为睡眠不足而疲倦不堪的头仰望天空，阳光普照，昨晚的一切仿佛只是一场噩梦。但是走过桥，接近城区后就会发现处处都是空袭过后的惨象。大部分烧毁的房屋虽然明火已经熄灭，可仍然还在冒着白烟。还能看到几具横在路边无人认领的尸体。祖父和伯父两人终于回到被烧毁的家园，亲戚们都已经回来了，没有人在灾难中丧生，大家都很高兴，纷纷放下心，开始收拾残局。也不知听谁讲的，有一位邻居遭到了不幸，大家一起逃生的时候，他身上中了燃烧弹，瞬间整个人变成了一个火球，救都救不及。

中午过后不久，祖母哭哭啼啼地回来了，旁边跟着当时还在上小学六年级的和也的父亲，虽然也同样失魂落魄，但却像个保镖似的紧跟在妈妈身边。祖父一问起明子，祖母哭得更伤心了，一边啜泣，一边断断续续地把昨晚发生的不幸告诉大家。祖父像所有人一样，原本完全没有担心过已经被疏散到农村的家人还会出现安全问题，谁也没想到祖母会带来这么一个令人震惊的噩耗。祖母抱住家里的次子，也就是和也父亲的肩膀失声痛哭。祖父则绝望而恍惚地在一旁静静地倾听着这一切。

伯父自己也记不清幸存的亲人们是如何度过那个下午的，只记得祖父去警察局报了失踪人口的案。到了傍晚，接到通知说城外某村的海岸边发现一具落水女子的尸体。祖父、祖母带着伯父立即动身赶往用作暂时停尸处的小学校。和也的父亲不想去，就留下跟其他的亲戚在一起。小学校的一间教室里，一大排尸体排得整整齐齐。大部分都是烧死的，连男女都分不清。只有姑姑的遗体白花花的，一点伤也没有。据祖母说天亮之后邻居们重新搜索了那条河，在距小姑娘落水地点不远的下游找到了她的衣服。祖父和祖母在来的路上一直很担心，如果光着身子的尸体被湍急的河水夹带着漂到城外海边的话，可能会受到很严重的损伤。

祖父背着女儿的遗体，三人沿着昏暗的街道往回走。夜里遗体暂时放在还没有烧毁的公民馆，也没有孩子喜欢的花朵、点心等祭品，只有线香彻夜不息。守灵的除了父母外只是一些关系很近的亲朋好友，但祖母对亲戚和邻居们感谢说：“在这种非常时期能够有你们来守灵，这个孩子算是幸福的。”

因为是盛夏，尸体很难保存。第二天一早，一家人就把遗体装上板车，送往城外的寺庙。火葬场遭到空袭已经彻底被炸毁，只能把尸体草草掩埋在墓园的一角。应该说能够由自己的亲人来进行葬礼，在当时已经算得上是很好的结局了，祖父还听说城里的做法是把无人认领的尸体全都堆在广场上，然后把堆得像小山一样的遗体直接一把火烧掉。挖掘墓穴的时候，还遇到好几次美军战斗机跑来疯狂地用机枪扫射的情况，当时亲属们护在小姑娘幼小的尸体上，悲愤地相互嘱托，如果死的话就一起埋葬在这里好了。

“明子是个皮肤很白的孩子。”伯父仿佛正在注视着当时的情景，“她细细的腿从席子下面露出来，随着板车的颠簸不停地晃动。那个情景，让人感到无比伤心。”

和也默默地点点头，他已经听得够多了，无论对他说什么，他都只有这个反应了。伯父仿佛看透了和也的心思。

“总之，死者长已矣。”伯父话锋一转，“明子虽然可怜，但死了就是死了。说实话当时最担心的是和也你的父亲。”

看到和也默默地望着自己，老人点点头继续讲。

“我和明子年龄上相差十岁，虽然很喜欢刚出生的她，不过基本没有一起玩过，智彦则非常疼爱这个年龄相差七岁的妹妹。当时的智彦还是一个上小学六年级的学生，不但亲眼目睹妹妹死在自己面前，而且参加了葬礼的全过程。”伯父像叫自己孩子一样，直接讲出弟弟的名字。

据说自从妹妹死后，和也的父亲就没再开过口。本来他就话不多，父母沉浸在失去女儿的悲痛中还没有走出来，一时也没有注意到次子的变化。只有伯父一个人意识到了这一点，他推测大概妹妹的死，让弟弟背负上了沉重的负罪感，甚至在他幼小的心中还隐藏着某些暴力的冲动，那是一种甚至连自身都不惜毁灭的强烈愤怒。

一天夜里，祖父把兄弟二人叫到一起，面前放着一个沉甸甸的包袱。打开包袱皮，明晃晃的三把刀露了出来。为了躲避空袭，这些应该事先早已保存在别处。昏暗的灯光下，祖父低头盯着刀庄严地说：“你们也许已经知道了，这场战争，我们的国家打得很苦。城里连日遭到空袭，就是因为我军已失去了制空权。现在敌人只是丢几颗炸弹，想必过不了多久，他们就会登陆。到了那时，城市就会成为战场，敌我遭遇甚至可能会发生白刃战。如果那样的话，女人就会成为累赘。在她们落到敌人手里之前，必要时甚至要做好亲手杀死母亲和妻子的准备。考虑到这些，明子的死从某种意义上说也是一种孝。无论再怎么说尽忠报国，杀死自己的女儿也是一种痛苦。这些刀是祖辈世代传下来的，送给你们每人一把，具体如何使用则要靠你们自己去思考。”和也的父亲一字不落地听完了这些话。

“从那天开始，智彦就刀不离身。”伯父伤心地继续讲着，“虽然我猜他并没有实际拔出来过，幸亏这种事没有真的发生。我在学校一直练习剑道，所以我明白没有经过刻苦训练的人是没有能力真的去砍人的。普通人的话，别说人了，连一根萝卜都砍不了，反而更容易不小心被刀弄伤。”

战况持续恶化，终于到了无条件投降的这一天。白刃战的话题也再也没有人提起，而三把刀则不知什么时候被祖父藏了起来。从此和也的父亲陷入一种完全的虚弱状态。因为是夏天，营养不良的身体很容易被暑气入侵。食不果腹的生活，过度地透支了他的身体，精神也被无尽的疲劳所支配，感到特别疲倦。伯父记得好像从那时开始，智彦患上了后来在青年时期复发的结核病。

和也像丢了魂似的任凭时间流逝。与其说是在思考少年时期父亲所经历的苦难时思维陷入了停顿，莫如说由于用现在的时间观念去把握过去让身体产生了轻微的抵触反应。过多的悲伤和凄惨，反而让人产生一种听之任之的感觉。深深的疲倦感如潮水般袭来，战败那年夏天，自己的父亲可能也是这种状态。从少年的视角来看，战败带来的不仅是耻辱还有对杀戮的厌倦。其中既有患结核病的原因，另一方面，万念俱灰的心理也起了一定的作用。

往昔混乱不堪的思绪最终回归现在的时候，和也感觉时间已经很晚了。就在这时，门铃响了，举起对讲机，监视器画面上显示出一张熟悉的女性圆脸。

“是敏子来了。”伯父说出了儿媳的名字。

和也去门口迎接，对方坚持不进家门，要留在车里等，还嘱咐他们慢慢聊。向等候的客人表达了心意之后，和也回到客厅。伯父刚要起身时突然问道：“对了，阿和，你读过这个没有？”说着就从带来的纸箱里取出几本旧杂志，一边嘟囔着忘了带老花镜，一边眯着眼睛翻开已经泛黄的杂志。

“是什么啊？”和也走过去瞧。

“这是我们母校文艺部自己编的杂志。里面刊登有智彦的文章呢。”

“父亲写的？”

“对了，阿和兄弟俩也是这所学校出来的。”伯父瞥了侄子一眼继续说道，“智彦天生就是一个艺术家，曾经立志要当一名美术老师。”

“好像听说过。”

“因此他才上了东京的美术学校，可惜因为结核病读不到两年就回来了。在家里闲了一段时间，阿和的爷爷，就是我们的父亲帮忙介绍他进了银行工作。”

“虽然我听说过他画过画，不过会写文章这还是头一回听说。”

“他可是美术部和文艺部兼修，还经常创作诗和小说。其实之前对此我也一无所知，这还是在拆除你爷爷房子整理家里东西时发现的。”

突然伯父好像终于找到了什么，得意地说：“就是这个”，边说边把杂志在桌上摊开。

“这个你可以以后读，是关于去世的明子的。”伯父站起身来，最后说道，“智彦一直没有忘记死去的那个五岁的妹妹，所以在自己女儿出生时，取了和妹妹相同的名字。可惜造化弄人，小明也夭折了。我觉得智彦的一生非常不幸，那样年轻就死了，而且最终还是自己把自己害死了。本来身体就不好，还喝那么多酒，不过不喝也不行，两个明子都如此不幸，总之我觉得智彦很不幸。”

夜里，工作结束后，和也打开餐桌上伯父留下的纸盒。一个牛皮纸的大信封里装着几张旧照片，拍的是从幼年到青年的父亲。五岁时的父亲穿着儿童军装，骑着一辆汽车形状的童车。还有好几张穿着学生装的青年时期的照片。大部分和也都曾经看过，也有第一次看到的。其中有一张名片大小的黑白照片，和也一点印象也没有。

照片上拍的是三个小孩，两男一女。其中一个男孩一眼就能看出是和也的父亲，另一个和也推测可能是住在高知的伯父，那么正中间的女孩肯定就是死去的明子姑姑了。三个人以高大的棕榈树为背景拍摄了这张合影。年龄最小的姑姑在中间，左边是伯父，右边是和也的父亲。摄影师肯定是祖父，因为只有他能把孩子们幸福洋溢的表情抓拍得恰到好处。

年仅五岁就夭折的小姑娘，在照片中被两个兄长包围着，咧着大嘴笑得很开心。“明子”，名如其人，一定是个性格开朗、天真烂漫的孩子。奇怪的是，小姑娘脚上穿的却是男人的鞋子。从大小上判断，应该是祖父的，也许是自己的鞋子找不到了吧。一定是在家里玩耍的时候被喊出来拍照的，小姑娘图省事穿上父亲的鞋子就跑了出来。有趣的是，在和也的眼里，她的脸和侄女宽子的形象重合在了一起。

世界真奇妙，照片虽然几乎没有表达任何信息，和也却能从中感到一种真实的感情。照片中看起来模糊不清的少女，是那个原本会成为自己姑姑的人。那年夏天，刚满五岁的她在躲避空袭时失足跌进因为下雨而暴涨的河水中淹死了。和也一次也没有见过她，然而却对这个既不知道也不认识的陌生人产生了一种血肉相连的感觉，并且对于她的死，感到一种不可思议的失落。那是一种在照片中找到寻觅已久的亲人的感觉。然而,在找到的同时,也宣告了她在遥远的过去已经去世的事实。

和也又打开伯父所说的杂志,看到用小号的铅字分上下两段排版印刷的版面上有一篇不到两页的文章。开头的地方写着“随笔”,标题是《假山庭园》。

在我十二岁的时候，曾经在疏散地的农舍和妹妹用石头摆庭院玩。我从山上捡来大大小小的石头，堆在院子一角，整个院子都被山茶花种成的灌木护栏围起来。妹妹运小块的石头，我运大块的。“这是城堡，这是王子，这是公主……”，对于散落在后山的那些无趣的石头，五岁的妹妹却能找到一些特别的个性。我只想给两人围起来的石头庭院里带来些凶猛的野性，所以一直到处跑着找有棱有角的石头。

夏天的太阳骄阳似火，万里晴空中只飘着几朵白云。梯田形状的水田里，绿油油的稻叶长得整整齐齐，光映在稻田浅浅的水面上闪闪发光。马蝇嗡嗡地飞来飞去，草丛里的蚂蚱正在练习跳跃的本领，蛙鸣声此起彼伏。在这片洋溢着生命的景色之中，我们沿着干涸泛白的梯田之间曲曲折折的小路，缓慢地爬到山顶。山峰间时而吹来一阵炎热而干燥的风，稻叶随之掀起波浪，别有一番夏日的情趣。突然一阵迄今为止没有听过的、分不清是蝉还是小鸟的叫声传入耳中。

“哥哥，蝉……”

被妹妹叫住之后，朝着她手指的方向看去，果然发现在一棵松树的树干上爬着一只翅膀透明的雄蝉。妹妹一直盯着哥哥的目光仿佛在说“帮我抓”。但是蝉爬得很高，就是伸出手也够不到。我折下旁边的树枝找到一个蜘蛛网，把它卷在树枝顶上，这样就做成了一个临时的工具。回到妹妹等待的地方，蝉还在树上没动。悄悄把树枝靠近，趁蝉没有逃跑，迅速用粘糊糊的蜘蛛网粘住它。受惊的蝉开始挣扎，但此时已无济于事。把抓到的蝉递给妹妹，妹妹小心翼翼地用手抓住，如获至宝般地仔细观察。突然蝉猛力扇动翅膀逃跑了，也许是妹妹故意放它逃走的。

当时的午饭总是吃蒸番薯，春天还能吃到的干鱼，现在也没有了。饥饿的我每次都是带皮吃，而妹妹则无论如何都要扒皮。无论怎么劝她说皮有营养，她仍用小小的手指一点一点剥开皮来吃。在地里找到野芋头，是妹妹最高兴的时候。对她来说，那就是山珍海味。为了妹妹，无论多深的草丛我都要进去看看，然而即使如此，仍然没有办法填饱妹妹的肚子。

把从山里捡来的石头堆得齐整是一件非常困难的事，因为既不是单纯追求堆得高，也不是仅仅坚固就行。假山既是一种天然，也是一种创作，需要有序中的无序、有意中的无为这样一种境界。而且作为共同参与者的妹妹找到的“城堡”、“王子”和“公主”，也需要妥善地进行放置。

“这朵花也种上去吧。”

在石头与石头之间填入泥土，留出种植植物的空地，妹妹天真地把种着三色堇的花盆抱过来了。可我却不想种那些过于华丽的花朵，只想种两三株仙人掌之类的普通植物就算了。在由石头和泥土构成的险峻山路上，骑着马慢慢爬山的旅人，看到岩石缝隙间长出的仙人掌，打算在树荫下放下行李野营。很快日落西山，荒凉的山顶上种植的仙人掌的黑色影子让四周的景物显得更加寂寞……只有符合这个故事情节的假山才是我想造的。可妹妹并不这样想，她脑子里只有“城堡”、“王子”、“公主”，还有盆子里的三色堇。

作为妥协的产物，我们俩造的石庭呈现出非常奇怪的形状。孤独旅人的肩膀处，一株巨大的三色堇突兀地立在那里。在仙人掌附近跳华尔兹的“公主”因为“王子”的舞步不够娴熟，被仙人掌的刺扎得血肉模糊。惊慌失措的“王子”在悬崖边不小心失足掉了下去，最后落个摔死的结局。

“这个碍事，哥哥，把这个仙人掌去掉吧。”

最后妹妹说出了自己的愿望，孤独旅人的浪漫也在天真少女的梦前摔了个粉碎。第二天，我把仙人掌都转移到木箱之中，转而像铺舞场的地毯般在“城堡”的四周种了一大片樱草。

家里很安静，和也却从寂静中感受到了死者们的沉默。感到哀伤和惋惜的人现在成了被惋惜的人，五岁时去世的姑姑，三十二岁去世的父亲在这个夏天夜晚的静谧中走到了一起，并且比他们在世的时候联系得更为紧密。这种死者之间的联系，比血缘关系更加牢固，也许此时他们正在某处堆那些从山里捡来的石头。这种情景在和也的脑海之中萦绕着久久不曾离去。

没有一丝一毫的犹豫，和也拨通了哥哥靖彦的电话。听哥哥说他现在住单间，虽然快到了就寝的时间，不过还没有熄灯。电话铃响了近十遍，终于在切换到留言模式前，哥哥接了电话。

“我找到了！”和也亟不可待地告诉哥哥，“上次你说的那个天竺葵的画。”

“是吗！”对方回答得很干脆，“在哪里找到的？”

“在高知的伯父家里，今天送来给我了。”

“原来是放在伯父家。”

“本来是放在祖父家里，可后来因为拆迁伯父代为保管。”

“这么说来，我的记忆是正确的。”

“确实如此。”

和也继续等哥哥后面的话，可是靖彦却没有像以前那样努力寻找话题来打破沉默，电话那头一点声音都没有。

和也怀疑哥哥靖彦是不是睡着了，“喂、喂？”地连问两声。

“嗯。”对方也在等待。

“你知道那幅画是咱们父亲上高中时画的吗？”

“不知道。”哥哥仿佛丝毫不感到惊讶，“我第一次听说。”

“母亲也记得这幅画的事情，据她讲是爷爷认识的一个美术老师或是别的什么人画的，所以一直没想到作者竟然会是父亲。”

和也感到电话那头的哥哥微微点了点头，继续讲道：

“为什么这样重要的事情，我们竟不知道呢？”哥哥的语气仿佛是在征求和也的意见。

和也感觉这个问题不是自己所能解答的。

“我打算有空把画带去给你看看。”和也换了个话题继续说道，“我记得那幅画上画着一位制作假花的女人。感觉太过天真，说是女人，顶多只能算个小姑娘而已。长相跟战争中去世的我们的姑姑有些相似。”

“是说明子吗？”这次轮到靖彦意外了。

“伯父和其他的亲戚也都是这么认为的。不知是有意还是无意，父亲在画中描绘了已经死去的妹妹的形象。然而自从大家注意到这一点以来，周围的人在谈话中反而不敢涉及画的作者了。”

一口气讲完这些复杂的道理，和也感觉连自己一时也难以接受。但是无论多难的道理，哥哥应该都能理解，这一点和也非常肯定。

“哥哥也算是失去了妹妹。”和也用若无其事的语气切入正题，“就像父亲一样，也有一个叫明子的妹妹。”

对方没有作答。和也的脑中浮现出哥哥前倾着身体，手持听筒的形象。突然他察觉到那正是自己现在的形象。

“你拍过一张照片，还记得吗？在母亲那儿看过的。”

“是爷爷的照片吧，还夸奖说是有一种理查德・阿维顿的风格”

“是的。”和也急于往后讲，“现在我一直忘不掉的是，焦点不实、模糊不清、像鬼影的那张脸庞模糊不清的女孩子的照片。刚开始我不清楚那个小姑娘是谁，还以为是邻居家的孩子。问过母亲才知道，原来这就是明子姐姐。”

说着说着，和也已经忘了自己正在同哥哥对话，仿佛是在把心里涌上来的想法一股脑倒出来一般，语气也逐渐变成了自言自语。

“那幅天竺葵的画是出发点。高知的伯父拿画给我看，我才明白作画的竟然是我们的父亲。而画中的少女则是五岁时去世的我们的姑姑明子的形象。听了这个故事之后，我感觉与战争中死去的明子的形象重合的还有一个小姑娘，从哥哥拍坏的照片中清晰地浮现出来，就是出交通意外的那个，同样是五岁去世的明子……也就是我的姐姐。”

姐姐去世的时候，和也刚满三岁，因此对于在世时的姐姐，他是一点印象也没有。和也从现在的年龄算起已有四十四年，对于哥哥来说，逝去的岁月也是这么多。和也感到明子去世后，或者说她离开后的岁月，就像被截流的河水刚刚开放大坝一般，平静地在两人之间流淌。

“对我们的父亲来说，五岁时去世的这个叫明子的妹妹是无法忘怀或者说是不能忘怀的。”和也一边想象，一边继续说，“可以说她在五岁时去世，这个事情本身就让人感觉一定是哪里弄错了，是一个不可原谅的错误。幼年失去亲人，我想无论谁都会这样认为。总之就是她不能死，必须和自己一起生活，一起长大。因此他给自己的女儿取了个跟妹妹一样的名字，也许是打算当作转世重生的妹妹一样养育吧。”

和也停了话头，让自己喘口气。感觉嘴巴很干，就转动舌头，靠一点点唾液润了润继续往下说：

“哥哥在听吗？”

“嗯。”

“为什么父亲给自己的女儿取了明子这个名字呢？”

和也随口一问，并没有期待哥哥的回答，因为这个问题靖彦也没法回答。只是在问完以后，感觉有一些对死者的不尊重，开始留意自己说的话。

一阵短暂的沉默。

“我见过明子姑姑的遗骨。”哥哥靖彦声音亲切地说了一句令和也颇感意外的话。

“是什么时候？”

“夏天。”哥哥像处理细细的蚕丝一样谨慎地选择语言，“那是挖出明子遗骨时候的事。我记得也很模糊，是在一座寺庙的院子里，也没有立碑，只有一座木制的舍利塔。”

埋葬去世姑姑的情况，和也是从高知的伯父那里听来的。说是火葬场遭到空袭摧毁，亲人们把她埋在城外的寺庙里。

“可能是第几个忌日时的事情。”靖彦凭着仅存的模糊回忆，自言自语般地说，“第十三个忌日是昭和三十二年（1957 年），当时我两岁……不对，太早了。第十七个忌日是昭和三十六年（1961 年），可能是那个时候。”

“父亲肯定当时还在，因为是高知的伯父和我们的父亲两个人挖的。”

如果哥哥的话属实，和也推测当时高知的伯父也就三十岁左右，而自己的父亲只有二十七八岁。两个还算是青年的年轻人用铁锹默默地挖土。地下埋着的正是他们在战争中死去的年幼的妹妹。遗骨经过十五六年，才被哥哥们重新挖出来。而小姑娘的父母，也就是祖父和祖母当时一定也在场。他们的年龄顶多也就五十多岁。这些情景仿佛穿越了半个多世纪的岁月，映入了和也的眼里。

“当时我一直在旁边看明子姑姑的遗骨。”靖彦的语气很平淡。

“还剩什么吗？”

“出土时头盖骨干干净净的，虽然因为年代久远，已经被土染成了茶色，从形状上看完全没有受损。我记得祖父浇了一瓢水洗骨，祖母一边喊着明子、明子，一边用毛巾擦干。然后每人轮流把它抱在胸前，最后装进准备好的骨灰罐。以前也参加过几次纳骨仪式，成人的头盖骨太大，基本上装不进骨灰罐里，只能用盖子压碎后才能放进去，而明子姑姑的却很小，很轻松就放进去了。”

讲完这些，靖彦仿佛松了一口气。和也简单地附和了几句后，靖彦接着继续回忆。

“现在想起来，当时我们家的人都来了。祖父、祖母，我和妹妹明子，可能还有刚刚出生的和也你吧。”

“就算有吧。”

“对于爷爷家来说，爷爷、奶奶再加上两个儿子和一个女儿，全家都齐了。”

“明子姑姑也算在来的人里吗？”

和也的问话哥哥靖彦好像没有听到，他仍旧沉浸在遥远的回忆中。已经是四十六七年前的事情了，和也自己也觉得把那个时候死去的人算作死者或生者，都没什么关系。首先，参与的人现在有一半已经去世了。和也在心里默默算了算，根据哥哥的记忆，当时的合影应该有这么一些人：祖父、祖母、伯父、父亲、母亲、哥哥、姐姐、加上自己一共八人。其中祖父、祖母、父亲、姐姐四个已经去世了。如果算上战争中去世的姑姑的话，现在已经有五个人成为了死者。五个死者和还活着的四个人，如果数量多的那边的世界是现实的话，现在自己正在成为他们追忆的对象。和也陷入一种整个世界完全颠倒过来的奇怪错觉之中，无法自拔。

“我们的姑姑是哪年出生的？”哥哥靖彦问。

“说是比父亲小七岁……”，和也感觉自己不多算几遍的话，是算不清楚的。

“当时处在黑暗的时代，”哥哥不等和也回答自己就给出了结论，“去世是战争结束前一年，大约是五岁。”

果然这样算比较快，和也感到非常佩服。

“做个性格开朗的孩子就好，可能对她寄予了这样的期望。”哥哥边回忆边说，“希望她能活在一个充满光明的时代，或者说希望光明的时代尽快到来……大概是讲如此的大愿与孩子一生的幸福结合在一起，才起的这个名字。孩子被战火带来的黑暗吞噬的时候，真不知爷爷当时作何感想。虽然不希望事实就是如此，但我仍能够感受到他的恨意。可是因为他不是个愤世嫉俗的人，并没有诅咒这个世界、这个社会。只是，仿佛是在嘲笑人们小小的愿望，自己给女儿取的名字遭到了命运捉弄，大概会因此对这个世界感到愤慨吧。”靖彦喘了口气，继续说，“我们的明子又怎样呢？”

我们的明子，和也联想起了伯父说话的口气，感觉像一个超越时代的人，正在代替死者发言。

“作为去世的妹妹的转世化身，父亲希望她能把姑姑那份生命也活出来，然而再次遭到这个世界非人道的待遇，不到五岁就夭折了。真不知父亲当时作何感想。也许什么都没想，因为在去思考、去感受之前，残酷的现实本身就已经让他无法接受了。应该是这样吧？”

和也听着哥哥说的话，不知什么时候，他的喜怒哀乐的感情已被漂白得干干净净，只留下一颗空空的心。和也开始追忆三位死者以及死者们死去的岁月。明子姑姑去世至今，已过去六十多年，而同名同姓的明子姐姐去世，算到今天也有四十四年了。他们的父亲去世至今的时间，算来也几乎相等，或者差不多。或长或短从感觉来说都是一样的，因为对于死者来说，死去的时间无所谓长短。和也忽然觉得也许自己恰恰正处在死者们死去的时间当中。

恍惚间，时间仿佛已经停滞，伯父的那声"可悲啊"的感叹也仿佛幻觉般传来。等和也回过神来的时候，电话对面只有死一般的寂静。和也找不到什么合适的话题来打破沉默，像迷途的羔羊般不知所措。

"一位在冲绳上小学的女孩，被三个美国大兵强奸的事情你听说了吗？"哥哥靖彦唐突地冒出一句一点不沾边的问题。

和也手忙脚乱地想，这件事发生在什么时候，具体是什么情况。

"是 95 年 9 月，我刚刚去冲绳当编辑的时候。"哥哥语气阴郁地说，"那年还发生了阪神淡路大地震、地铁沙林事件，总之是个不平静的一年。首先报道该事件的是个跟警方新闻的新人，之后负责基地事务的记者也收到了相同内容的信息。考虑到受害人的人权，一般这种暴力事件是不予公开报道的，但当时 PTA（家长教师联合会）、教师的抗议声浪高涨，10 月份甚至还召开了大规模的县民大会，县知事也拒绝代理署名。"

和也的脑海中浮现出那个不清楚接下来说什么，但还是要想一个话题继续往下讲的哥哥的形象。对这样的哥哥和也没有什么想说的，而是选择了默默地倾听。

“第二次去冲绳任职是2002年。”靖彦继续讲道，“上次‘美人’事件发生后，我从机场坐出租车的时候被司机好一顿夸，说是在报道中站在冲绳这边。感觉冲绳变了，实实在在地变了。”

“怎么个变法？”和也嗓子沙哑地问道。

“就像冲绳特产泡盛烧酒的味道。”靖彦若无其事地说，“不那么臭了。”

“以前是臭的吗？”和也问。

“过去很臭的。”靖彦怀念地说，“即使是很喜欢喝酒的人，不习惯的话，一点也喝不下去。冲绳人自己招待人的时候，也不上泡盛烧酒，觉得太丢人。”

“那他们喝什么？”

“威士忌吧，芝华士、老伯威、尊尼获加（Johnnie Walker）……现在人聚在一起的话一般会选择岛牌。”

“岛牌？”

“岛牌酒，泡盛烧酒的一种。去冲绳旅游的人都把它作为当地的土特产买回去，不过味道不太一样。”

“全球化了嘛。”和也插了一句。

“也可以说是日本本土化。”靖彦平淡地回答，“从某种意义上说，生活条件变好了。这里就像一个生活节奏比较慢的日本地方城市。那霸市及其周边也很少有美军基地。因为并不像边野古或胡差（KOZA）那样紧挨着美军基地，因此很少听到战斗机的轰鸣以及演习时的炮火声。当然，电视或报纸每天都会报道基地相关新闻，这一点与本土有所不同，不过习惯以后就感觉没什么差别。”

靖彦停下话头。和也边等边竖起耳朵倾听室外的动静，发现室外非常安静，连汽车经过的引擎声也没有。感觉自己仿佛正一个人孤单地走在一条无人通行的幽暗巷道中。

“从那个时候起，我就开始产生幻觉。”靖彦补充说，并且话越讲越玄乎，“夜里醒来，有时会看到枕头边站着一个小姑娘，一句话也不说，只是用一双忧伤的大眼睛，死死地盯着我，真是太可怕了。也许她开口说话时会更令人恐怖。被吓醒后，我意识到自己是在做梦。也许它就是一个梦而已，因为所谓幻觉，只能以追忆的形式进行把握。也可能是灵异事件，因为冲绳是个活人与死人共同生活的岛。岛上人会讲鬼上身，比如说突然感到肩膀沉重得不得了，或者冷得瑟瑟发抖，每到这种时候，他们就能强烈地感受到死者的存在。受他们影响，大概我的灵感也增强了吧。之所以这样说，是因为来找我的小姑娘是有名字的。”

“她叫明子……”和也嘟囔了一句。

这个名字一讲出来，就像被投入深井的石头一样，在无底的黑暗中一直下坠，不知落在何处。靖彦既没有肯定，也没有否定，和也也感觉不出电话那头的哥哥到底有没有点头。不过肯定也好，否定也罢，死者们的存在更让人深信不疑。

“又该吃药了。”靖彦说，“现在在吃三种药。说是基本没有副作用，不过实际上如何就不得而知了，因为是医生的话嘛。不是吗？”

“差不多吧。”和也想笑，可没笑出来。

“吃药这种事，当时我想都没想过。”靖彦的声音一点想笑的意思都没有，“因为我从来没有觉得自己有病，所以没有吃药而是选择了喝酒，也就是最差的选择。”

“结果呢？就不做噩梦了？”

“无论喝什么，该来的总是会来。”靖彦执拗地说，“只不过，喝了酒，跟幽灵之间的气氛会变得友好，就能够帮助消除恐怖。”

“搬到长崎的医院后，她还来吗？”

“长崎啊，”靖彦的语气仿佛在追忆遥远的过去，“这里也有很多死人。”

差不多该结束通话了，和也觉得这样下去会没完没了。虽然是自己开了头，播下了种子，但是对方开始讲一些完全摸不着头脑的话，这让和也非常想逃避。然而在听到对方嘟囔“不知道我能不能保护好宽子”的时候，和也还是忍不住责备：“说什么傻话！”

约定的短暂沉默结束后，靖彦开始继续往下讲。

“冲绳出生的女孩和福冈出生的女孩……之间的差别，只是一点点而已，冲绳出生的女孩被美国大兵强奸，而福冈出生的呢？冰山浮出海面部分的只是一角而已，类似的事情在其他地方发生了很多。大部分都考虑到受害者的人权，便宜行事了。我想冲绳发生的事情，在福冈、在东京，乃至全世界都可能发生。你不觉得吗？”

“我觉得你想太多了。”

“危机迫在眉睫而不自觉，乃人之常情。”

话说到这份上，和也无话可说。

“这个世界上，没有安全的地方。”靖彦仿佛天降神谕似的说道。

“照你这么说，死是最安全的吧，只要活着，谁都不安全。”

和也本来打算认真讲一讲的，不过话到嘴边，发现哥哥那种杞人忧天的担忧是正道，自己所说的反而更像歪理。

“我并没有说是普遍现象。”靖彦略带伤感地说，“我们的父亲，乃至祖父都没能保护好各自取名叫明子的女儿。一次可能是意外，连着两次就不是意外了。你不这么认为吗？我真不知道自己能不能保护好宽子。”

“肯定没问题。”

和也不清楚自己为什么会这样说。

“你觉得我疯了吗？”靖彦的语气既不是开玩笑，也不是自嘲，而是冷冰冰地在询问一个事实。

“没必要考虑那些吧。”

“驻日美军基地的百分之七十五集中在冲绳。你只要看看占据冲绳总面积百分之六十的美军基地，你就会明白对于冲绳来说，战争或者说占领并没有结束。对于冲绳来说没有结束的事情，为什么对我们来说已经结束了呢？那个时候开始的事情，现在还在继续，将来也会继续下去。”

喘了口气，靖彦停了下来。

“差不多把电话挂掉吧，该睡觉啦。”

“还不能睡。”靖彦就像蛮不讲理的孩子一般，“不好的事情会在睡觉的时候发生。”

“不好的事情是不会发生的。”

和也不清楚自己为什么会这样说。

“哥哥，诚然这个世界上充满了危险，不过即使哥哥你全副武装，夜里也不眠不休地保持着警惕，那些无法防范的东西总归无法防范。我们所能做的，只是回避危险，或者说远离那些不必要的危险，另外……”

和也突然想到也可以和保安公司签订协议。

“孩子是一种奇迹。”靖彦的语气依旧沉稳，专心地继续发表他的意见，“人类之间不完整的爱，竟能产生如此美好的东西，只能说这是一个奇迹。可以说这是一个我们感受神的存在或者说最接近神的机会。而这个世界正在伤害着孩子们，而一直这样做的我们，就是在杀死神。”

“哥哥……”

“生孩子，是个根本性的错误。和也。”

“什么？”

“你不想祈祷吗？”

“什么意思？”

“我每天都要祈祷，不祈祷就受不了。当然，只是形式上的东西，然而仅仅是形式，也能让自己平静下来。问题是我无法感受能够听到我祈祷的神是否存在，因为森林都被砍光了。”

“你说因为什么来着？”

“小心点吧。”靖彦最后补上一句，“我们什么也保护不了。”

第九章 · · · 远方的呼唤

在宽子所上的小学里，发生了一起案件。一名高年级的女童在放学回家的路上被一名可疑男子绑架，在被囚禁在车里几个小时后释放。警察在距离现场几公里的山路上发现了该女童并顺利实施了救助。虽然女童本人并未受伤，但受此起案件影响，该小学从第二天起采取措施要求学生集体回家，还组织了由家长组成的上学、放学巡查队。

九州地区的地方媒体报道了这起案件。住在长崎医院的靖彦偶尔在傍晚的新闻上了解到了这起事件的大概情况后，晚上就对主治医师告假说希望能回趟家。第二天早上，靖彦收拾了些随身行李离开了医院。由于本身不是强制住院治疗，所以院方也未加阻拦。见到突然回家的丈夫，阳子非常吃惊。问了半天，靖彦才支支吾吾地回答，因为听说有案件发生，自己一定要等犯人被抓住才能放心离家。

和也接到阳子电话，了解到这一切，已是哥哥回家第二天的中午。虽然没有显著的可疑举动，也没有癔症般地乱说话，但他的行为总让人感觉有些怪异，至少在阳子看来是这样。前一天晚上靖彦基本就没睡觉，夜里阳子偷偷看了眼他的房间，发现他不知从哪里拿出来祖父留下来的日本刀，正在上磨粉保养。看到若有所思、心不在焉的丈夫的背影，阳子心里非常害怕，更不敢跟他说话。夜里她还多次查看大门的情况，发现丈夫并没有外出。这会儿跟和也打电话的时候，靖彦正在睡觉，可能准备等到放学时间要去接宽子。

两人通话的时候，声音压得很低，仿佛在商量什么坏事。和也答应晚上会打电话跟哥哥谈谈，嘱咐阳子放心，这才放下电话。先把阳子所说的话记在心里，和也控制住自己暂时不去胡乱进行猜测，也不去担心那些还没有发生的事情。像往常一样，和也依旧工作到七点钟下班，一个人简单做了晚饭吃。把碗筷收拾好后，和也直觉认为自己如果把这件事就这样藏在心里的话，哥哥就不会有问题了。

晚九点，和也按照约定给住在福冈的靖彦打电话。在与阳子聊了几句家常之后，请哥哥接了电话。

“听说你回家了。”和也不关心哥哥怎么回的家，直截了当地切入正题。

“是的。”靖彦的声音依然沉稳。

“你那边是不是出了什么事？”和也轻声询问，“我听阳子讲，有一名女孩差点被疑犯绑架了。”

“和也啊，”哥哥的话仿佛要掩盖什么，“人忍耐痛苦的极限，不同的人之间差别到底有多少？”

“你说的哪儿跟哪儿啊？”和也夹着笑声的话透着胆怯。

“我在思考切腹的问题。”靖彦的语气一本正经。“为什么以前的人那么容易就决定切腹了呢？”

“简不简单，不问问本人怎么会知道呢？”

“我记着在哪本书上看到过，根据历史、文化条件不同，即使是身体痛苦之类的物理、生理现象也会出现很大的差异。”靖彦好像没有听到和也的话，继续自顾自地说，“忍受痛苦的阈值当然会有个人差异，每个人的毅力不同，肯定是不一样的。从小就被教育武士是要切腹死的人肯定会比我们想象得更容易切腹吧，或者对于一些宗教狂热者来说，实施自杀式恐怖袭击也许是件非常容易的事。对于秉持自我最重要这种价值观，并且一直以来都以天生的身体为重的你我来说，忍受痛苦的阈值一定是最低的。”

和也觉得必须停止谈论这个话题。考虑到阳子这会儿肯定在房间的某处偷听自己和靖彦的对话，和也努力把话题转移到别处。

“祖母去世后火葬完进行纳骨的时候，”靖彦顺理成章地继续往下讲，“焚化场的人一边指着遗骨，一边给我们解释这是什么，那是什么。还告诉我们，有病部位的骨头会烧成黑色留下来，腿有问题的话就是腿骨，肺有问题的话就是胸骨……能推测出大概的死因。祖母的情况是留下了腰椎骨和头盖骨的一部分，所以大家开玩笑说原来脑袋也有问题。”

这件事和也记得很清楚。当时他是第一次亲手捡骨头，那是一种朴素、无趣的体验。用长长的筷子，夹起已被烧成白色的骨头碎片放进骨灰罐里，剩下的骨头就跟遗物差不多了。焚化场的人戴着手套一边在骨头堆里划拉，一边嘴里嘟囔着：“烧得不错，火候很好。”听起来像是在烤烧饼，感觉怪怪的。

“焚化场的人从骨灰中扒出一片得意地让众人看，”靖彦继续聊扬骨灰的事情，“边让人看边说‘这是佛’，看起来像是咽骨。听他这么一说，感觉确实像一个小佛盘腿坐着的形状。他还说越是善良的人，佛的形象就越逼真。这些话稍有常识的人都不会相信，所以当时感觉纯属胡说八道，不过现在看来，在焚化祖母遗体的火焰中，一个小佛得以诞生，岂不是恰恰验证了她一生的信仰吗？真是不可思议。”

和也简单地点点头表示认同。

“没接受过什么像样的教育，就是个普通的老婆婆而已。”靖彦的语气显得很令人惊讶，“就是这样一个老人，静静地念着佛，让自己充满了信仰的一生得到了圆满。简直就像一位得道的高僧，或是一位圣人……这不是很了不起吗？在我看来，她的离去，就像脱下自己穿的生命外衣，仔细叠好，纤尘不染，洁白无瑕，就连一点灰烬她都亲手清理干净，静静地离开人生舞台。她把碗柜里的米粒捡出来喂鸟，把吃剩下的鱼骨头和蔬菜埋在庭院一角还给大地，还有每次吃完饭后，她都会习惯性地用茶水把自己用过的餐具洗干净并收拾好。”

靖彦的声音越来越小。和也一边在脑海中描绘着哥哥举着话筒若有所思的形象，一边考虑是不是要说些什么。

“这些已经成为过去。”靖彦抢先开了口，“现在的死，多少都有些低俗。”

接下来，靖彦开始谈论最近出席的葬礼。去世的是他以前的男同事，是晚期胃癌。靖彦参加了遗体告别仪式。

“由于工作原因，参加葬礼的大多都是演播人员。死者当过电视剧制作人，祭坛上甚至还有著名演员送的花。现场播放着肃穆但略显流俗的氛围背景音乐。在仪式主持煽情的发言后，一名净土真宗的年轻和尚入场，用让人怀疑是刚刚变音后的明亮男高音读经十五分钟。经文左耳进右耳出，我也没听懂什么意思，只是脑海里不断播放有关莎拉·贝恩哈特[17]的那些有趣的逸事。”

停下来换了口气，靖彦用空虚但洪亮的语气继续说道：

“那是我去波兰参加公演旅行时候的事情。当地大使馆开了场招待宴会。席间，不知是谁提议莎拉小姐念一段台词给大家听听。她随手就举起一张纸念起来。真不愧是当代一等一的著

[17] Sarah Bernhardt（1844.10.22—1923.3.26），法国悲剧演员。

名艺人，声音相当富有感染力，很多听者眼睛里都噙满了泪花。只有法国大使边听边笑，因为她念的是法国菜的菜单。”

虽是笑话，但和也一点不感兴趣。靖彦继续往下讲：

“虽然对于死者的怀念难以断绝，但是生活在现实中的我们无能为力，顶多就是求神佛发发慈悲而已。虽然年轻和尚念了一篇这种内容的经文，但我无法相信什么神佛的慈悲，也不清楚这里有多少人真的相信那种东西。一味地祈祷死者去那个自己也不相信的地方往生，这岂不是比莎拉小姐的表演更令人捧腹？简直是一种对死者最严重的欺诈。”

靖彦并没有希望说服和也。

“能够祈求神佛帮忙的时代，早已经过去。”靖彦突然提高了声调，“祖母那种信仰是无人能比的。现在的人，如果不欺骗自己都没有办法从祈祷和信仰中看到光明的，什么都指望不上。人直到死前的一瞬间，是永远无法从死亡阴影中解脱出来，也无法摆脱苦难。这就是我们降生在这个世上的代价。”

讲到这里，靖彦也不知道接下来该说什么，兄弟俩陷入沉默。和也觉得自己也无力打破这种沉默。忽然海边小屋的形象浮现在和也的脑海里，他不由得想也许天气不好的时候，风会很大吧。

“和也。”靖彦的声音传入耳中，“我经常能听到父亲的声音。”

“父亲的声音？”和也颇感意外。

“我没有保护好女儿，靖彦，你怎么样呢？”

“别说傻话！”

和也的声音大得像在演戏，这也是他故意做给阳子看的。然而靖彦并没有吃惊，而是主动闭上了嘴。

“脱瘾的过程可能时常会伴随有幻视或幻听。”和也从常理上宽慰靖彦。

“我也并没有听得很清楚。”靖彦的话明显是在辩解自己听到的绝不是幻听之类的症状，“感觉有声音，刚要专心去听，声音却消失了，只留下一片沉默，然而从这种沉默中却能听到一些话。”

和也很想知道哥哥听到的到底是什么。电话那头，传来靖彦仿佛看破红尘般的声音。

“损坏了的东西，就永远被损坏了，留下的人则饱受煎熬，这种轮回是永远无法摆脱的。”

阳子一个下午再次来电话，那天南太平洋洋面上刮来的大型台风形成的暴风圈正笼罩着冲绳、奄美等地，并不断接近日本本土。这天的天气预报称傍晚时候台风可能从四国南部附近登陆，没有下雨，但风力很强。听阳子说自己和靖彦带着宽子此时正躲在一处废弃的宾馆里避台风。

“废弃的宾馆？”和也忍不住发问。

阳子只好先对和也解释了一下近况。和也打完电话后的第二天，早上靖彦对刚起床的女儿说今天不要上学留在家里。阳子当时就感觉丈夫的举动非同寻常，虽然声音还算稳重，但却不容反驳。宽子怯生生地用求助的目光望着母亲。阳子考虑到丈夫精神可能不正常，就给宽子使眼色让她暂且顺着父亲的心意，让女儿到自己的房间去。然后给学校打了个电话，编了个合适的理由请了假。

再次面对坐在餐桌前低着头的丈夫时，阳子已经作好了心理准备。无论他的脑子里在想什么，自己都打算配合，让对方满意。宽子如何看待父亲的病情，老实说并不清楚，不过看她没有顶嘴、顺眉顺眼的样子，年纪虽小，大概也多少理解一点。事情表面化后，心里反而能够积极地面对。由于一家之主的病情，全家人的心反而有机会凝聚在一起。也许眼前这道坎并不是那么容易过的，不过为了整个家的未来，没有其他办法，阳子在心里已经下了破釜沉舟的决心。

装作若无其事的样子，阳子努力从容地同丈夫搭话聊天。还顺口讲了旅行的事情，甚至建议开着车信马由缰地来一趟九州温泉之旅。还说孩子上学的事情完全不用操心。即使休息一段时间，宽子也能够把功课补回来。迄今为止，你一直忙着工作，趁这个机会好好泡泡温泉，消除一下身心的疲惫。阳子在心里默默地说着：等你想去的时候就一起回长崎医院继续接受治疗吧。

一边听着阳子的话，靖彦默默地流下泪来。不对，应该是可能哭了。电话里阳子又改口说自己确实看到丈夫眼中的泪水顺着脸颊滑下来，但从外表看不出他激动的情绪。既没有哭出声，肩膀也没有像抽泣时那样震动。表情就像一个失去了心的人那样一成不变，只有泪水像生理现象那样流淌。两条胳膊无力地垂在椅子两侧，靖彦默默地流着泪。阳子实在看不下去，就离开了客厅。

中午煮了荞麦面，三个人一起吃。之后靖彦基本都待在客厅听音乐，音量调得很小。阳子注意到他听的大都是算不上教堂音乐中巴洛克风格的老旧声乐曲目，以及用吉他演奏的巴赫的鲁特琴曲目，都是丈夫平时喜欢听的东西，曲目选择也完全看不出刻意。宽子则一直在自己房间里看书。

下午晚些时候，阳子跟和也打了声招呼，说自己要去买东西准备晚饭了，结果发现丈夫满脸通红地堵在走廊里，看起来是刚刚从客厅慌慌张张地跑来的。

“怎么回事？”阳子冷静地问。

“不能到外面去。”靖彦回答。

“为什么呢？”

“会有不好的事情发生。”

具体会发生什么不好的事情？这样说有什么根据？无论阳子怎么问，靖彦都只是顽固地摇摇头。即使这样，阳子也没有反驳，反而对这个不知为什么想不开的丈夫感到很可怜，只好用手头的材料做了晚饭。一家三口默默地吃饭，靖彦也把自己的那份吃得干干净净，但在吃饭的时候他还是一副心不在焉、食不知味的样子，只是机械地把饭往嘴里扒。

收拾好碗筷，阳子暂时到宽子的房间陪自己女儿，同已经上了床的女儿聊了些学校的事情，话题没有涉及靖彦。宽子也心领神会地对在这种不自然的状况下聊的这些轻松的家常话表现出了极大的兴趣。讲了快一个钟头，宽子说着说着就睡着了。阳子也把头靠在女儿床上打盹，虽然察觉到靖彦时不时地探头进来看看，她也装睡没有理会，结果真的就这么睡着了。

等阳子再次醒来的时候，已经到了深夜。不知什么时候屋里的灯都熄了，阳子猜大概是丈夫关的。听到外面有踩着地板慢慢走的脚步声，阳子从门缝里悄悄往外看，看到一个高大背影正向客厅方向走去，左手还拿着一把刀。从后面看起来异常严肃。这个身影走到玄关附近，侧耳听听外面的动静，检查了门锁后才回到客厅，从侧面看他的脸，表情仿佛满怀心事。最后阳子就在女儿的房间睡下了，而靖彦则通宵守在外面。

靖彦采取行动，是隔了一天后的今天凌晨。像前一天一样，他先到女儿的房间，叫醒母女两人，然后就用不容置疑的语气让母子俩上车。在女儿面前，阳子也无法反驳，就这样两人只是准备了一些随身的物品就被一家之主带走了。靖彦把车从停车场里开出来后，阳子问他要去哪里，靖彦也不理会。不过能从家里出来，母女俩都有一种得到解放的感觉。

靖彦开着车从城市高速拐进九州地方的快速通道，朝熊本方向行驶。途中在服务区吃了早餐。三个人围着桌子吃饭的时候，完全没有处于异常状况的气氛，阳子甚至有一种进行家族旅行的错觉。宽子似乎希望父亲能放松下来，出了几个谜语让他猜。靖彦一个都猜不出，连说好几次“我不知道”，不过并没有因此而显露出烦闷或应付的样子。然而他那副心不在焉，丢了魂似的表情则一直未变。

车接近熊本近郊的时候下了高速，朝阿苏方向继续开，选择了从由布院到别府的路线。这个时候，雨也大了起来，还刮着很大的风。行驶在由布岳附近的时候，隔着前挡风玻璃，高速路上什么也看不见，非常危险。途中走错了路，拐进了岔道，但因为雨太大，看不清楚路标，迷失了方向。负责开车的靖彦看起来也迷了路。不过他好像很清楚要去的地方，在雨中继续开了一会儿，来到山里一栋很大的宾馆旁停下了车。

“他可能也不知道这家宾馆会被废弃。”

“这家宾馆到底在哪儿？”

“房间里连床也没有。”

“哥哥呢？”

“他正在宾馆里转，看起来今晚要在这里过夜。”

附近也没有别的宾馆或饭店，这么大的风雨，没有车哪儿也去不了，钥匙在靖彦手里。

“具体在哪儿？知道大概的位置吗？”

“海拔很高。”

“窗外能看到什么？”

“只能看到雨很大，远处什么都看不到。”阳子用拿不准的语气说，“正面可能是大海。”

“是别府湾。”

和也听出好像是阳子旁边的宽子在插话，母亲阳子还问她“你说什么？”

“来的路上有一个游乐场。”阳子靠近话筒说，“我没注意，是宽子看到的。”

“那请宽子听电话。”

“喂、喂。”小姑娘的声音充满了疲惫。

“那个游乐场是什么样的？很大吗？”

“比香椎花园大，比海上的中道公园小。”

“这些我都没去过，有什么设施？”

“有过山车、海盗船、摩天轮……”

“宽子，你说的这些无论那所游乐场都有，有没有不常见的、特有的设施？”

“章鱼。”

“章鱼？”

和也很想现在就出发，然而台风来了。从宫崎县南部登陆的台风，向北通过九州东部，向山口方向移动。三人所处的位置，正处在台风通过的路径上。理所当然的，轮渡已经停发了，重新开始运营至少要等到明天早晨。

在与宽子通电话前，和也对于哥哥去的那家已经废弃的宾馆，心里已经有数了。听了宽子关于游乐场的描述后，他就更确定了，因为和也对那所游乐场很熟悉，因为他无法忘记。那年和也五岁，哥哥靖彦十岁，这已经是四十年前的事情了。那是一个寒风呼啸的冬日，和也和哥哥靖彦在那所位于高原上的游乐场玩耍。从父亲去世那年的年末到正月，当时全家出去旅行。原本的四口之家，这会儿只剩下三个人，而母亲因为感冒留在宾馆没有出来，所以只有靖彦兄弟两人跑到宾馆经营的游乐场去玩。

那天夜里，和也刚刚上床闭上眼睛，脑海中就浮现出一个情景，他和靖彦两个人坐在章鱼背上。就像宽子说的一样，那正是一条章鱼，一条拥有十只弯曲触手的鲜红色“大章鱼”。供游客乘坐的座舱就安装在触手顶端，乘客准备好后，“章鱼”就开始旋转。当时靖彦抱着和也，问他“没问题吧”，和也回答“没问题”。当然没问题了，因为是跟哥哥在一起嘛。

傍晚时分的游乐场里，只有兄弟俩在玩。大部分设施都已经停止了运行，只有“章鱼”还在继续旋转。腕足上的吸盘中闪烁的红色和橙色的灯，在转盘旋转起来后，看起来就像是一个巨大的光的漩涡。不知不觉夜幕已经临近，天空已接近全黑。站在坡上朝下望，能看到远处的街道和海中轮船上的灯光。头顶上繁星满天，“章鱼”开始旋转后，感觉天上的星群也在旋转，北极星、北斗七星，还有仙后座和仙女座星云……“没问题吧？”哥哥又问了一次。和也是没问题，但是哥哥，哥哥今天没问题吧？

小时候的和也，非常害怕“着凉”这个词。现在很容易联想到它的本意，然而在小孩子看来，这个抽象的词汇总是跟可怕的东西联系在一起。从公共浴室洗完澡出来，从厨房取了些冰凉的饮料边喝边看电视的时候，父母一定会说“这个样子会着凉的”，或者“不早点睡就会着凉”。仿佛“着凉”是个专吃那些洗完澡后磨磨蹭蹭不上床小孩子的恐怖怪物。根据这个词的读音，和也在心里描绘出一种像鲨鱼一样但有翅膀的奇异生物。“着凉来了！”小孩子仿佛看到昏暗的天空中，无数巨大的怪鸟正在飞翔，害怕得赶紧钻到被子里。

怕什么来什么，“着凉”真的来了。姐姐明子发生交通意外的时候，年幼的和也认为是“着凉”袭击了姐姐。这也不难理解，在真正的汽车社会成为现实之前，涉及儿童的交通事故日益增加，大人们也会相应提醒注意。但是无论表面上如何，袭击孩子的黑色怪物的真实身份，和也是知道的。下一个是谁？和也感到“着凉”正在舔着舌头窥探着自己的兄弟。不知什么时候，它就会出现，悄无声息，不留痕迹地触碰一下自己。不是哥哥就是自己……在被触碰的一刹那，从这个世界上永远消失。

父亲通过承受“着凉”的袭击，从而保护了自己和哥哥。刚开始懂事的孩子们就是这样理解父亲的死的，因为这样想，可以减少父亲的死相关的不合理性。和也不清楚哥哥靖彦是如何看待这件事的，因为自从长大后就再也没有谈过关于家人死亡的话题，甚至没有去尝试了解母亲的心意。在失去包括一家之主在内的两位亲人后，还活着的人仍不得不继续着自己的人生。对于当时年幼的和也来说，母亲就是唯一能够保护孩子的存在，只要还躲在她那温暖的庇护下，“着凉”就没有办法伤害自己和哥哥。

简单推理就能发现，其中蕴含着严重的精神危机。在悲伤的沉重打击下，被无助与抑郁的深渊吞没是很常见的事。女儿死于交通事故，再加上失去伴侣的痛苦，真不知道母亲到底是如何挺过来的。而面对这个世界的不公，她又是如何调整和适应的？以什么作为精神支柱，支撑余下的人生？至少从表面上看来，她心平气和地把两个孩子都养育成人。然而，之所以和也会这样想，只是因为他年纪太小而已。而比他大五岁的哥哥，可能早已看到了另一面。

夜里听到有人哭泣，年幼的和也被惊醒。有时候听起来好像很远，有时候又好像很近。不久，和也就找到了发出哭声的本体——自己的母亲就睡在隔壁。和也正要掀开被子起身去看到底怎么回事，却被一个人拦住了。

“什么事也没有。”这个声音说，“什么事也没有，继续睡觉。”

和也继续躺在被窝里。

“可以唱首歌给我听吗？”

“好的，唱给你听，想听什么？”

哥哥开始唱歌，声音小得仿佛是在窃窃私语，一首《胸前的标志是流星》……是和也最喜欢的漫画的主题曲。和也闭上眼睛，静静地倾听哥哥的歌声。伴随着啜泣的哭声还在继续，声音比刚才小，比刚才细，但是仍然在继续。哥哥的歌声也在继续，和也就这样半梦半醒地听着两种声音的合奏。哭声逐渐变得遥远，远得不可捉摸，最后这个不知名的人的哭声就像吹向夜空中遥远星辰的风，渐飘渐远。然而，这阵风在一个既不属于和也的内心，也不在任何其他地方的某处，或远、或近地一直在吹，从未停歇。

早上起来的时候，和也以为自己做了个梦。母亲还像往常那样在准备早餐。小和也没有谈论昨晚的事情，因为他在吃饭的时候，已经把这些全都忘记了。但是，年龄稍长的哥哥靖彦呢？唱歌的时候，靖彦应该一直在侧耳倾听着隔壁发出的声音。对他来说这种声音绝没有消失过，也许在靖彦的体内，还有余韵萦绕不绝。声音中蕴含了自己失去妹妹，失去父亲的悲伤。坚硬的结痂暂时遮盖住了伤口，使他顺利度过了迄今为止的人生。然而哥哥的心中埋藏着家族两代人的悲剧与感伤。被隐藏的东西逐渐开始腐蚀他心里最柔软的部分，就像滴穿坚硬岩石的水一样，长时间地在不为人知的地方悄悄地持续着……和也觉得现在的哥哥就是这样被自己击倒的。

第二天早晨，台风过去，迎来了一个晴朗的秋日。虽说警报还未解除，不过和也还是开车直奔乘坐轮渡的港口。结果就跟预料中的一样，上午的班次全部取消了，因为虽然台风已经沿日本海北上，但是海上的风浪仍然很大。在轮渡重新开始营运之前，和也只能待在港口消磨时间。期间他好几次拨了阳子的手机，但一直都没有打通。忽然他发现松山、广岛之间的轮渡已经开始营运，这样的话可以先到广岛，然后顺着山阳道到九州去。和也很后悔自己没有早些想到这一点，只好继续等着坐下午一点钟的渡船。

途中非常颠簸，和也一路上一边听着波浪拍打船舷的声音，一边打着瞌睡，到别府港时都已经下午三点半了。开车穿过街道，进入越山高速公路，之后基本就在一条路上跑。路面上散落着被风刮断的枯枝和落叶，途中还有几处塌方的痕迹。和也开车沿着忽左忽右的山间道路朝山上走，一路上都在想，如果在暴风雨的日子还跑这样的路的话，已不仅仅是困难而已，而是愚蠢至极。可能是某处堵车的关系，对向行驶的车辆很多，和也的车开得险象环生。但是，驾驶这种单调的操作还是会让人产生惰性，方向盘打着打着就心不在焉了。

和也想起很多年前，全家一起出国到意大利旅行时的事情。从导游那里听到一个故事。以罗马为首的意大利的很多城市都可以追溯到希腊、罗马时代。因此进行地下挖掘的时候，百分之百地会挖到遗迹，而且是按照从新到旧的顺序一直堆积到地下数米处。一旦发现什么东西后，当局就会展开发掘考察，工期则被长期叫停。因此意大利的城市都存在尽可能不挖掘地面，而只对地上部分进行修缮的倾向。

和也觉得人心也是如此。在我们日常所见的风景下面，往往隐藏着很多不为人知的东西。每个人的记忆中都有死角，任何地方都有空隙，存在欠缺之处。很多实际发生的事情都被遗忘了，而这种不完全的记忆，则被当作自己的过去保存下来。记忆会发生风化，会被忘却，其实也是一种自我防卫的手段。这样就能把安全的记忆作为与自己的现在联系在一起的过去有选择地保存下来。而靖彦在长崎医院所接受的“治疗”正是把已经被风化、被遗忘的记忆重新从心底挖掘出来。

反复遭受心灵创伤的儿童，为了保护幼小的自己，会认为这种苦痛是发生在“别的某个人”身上，从而导致记忆、意识、知觉的分离。在难以忍受的痛苦、恐怖之中，儿童会进行自我催眠，认为“这不是发生在自己身上”、“什么都没有发生”、“一点都不疼”，从而让自己从肉体上无可避免所承受的痛苦之中解脱出来，渡过当前的难关。而这种行为习惯化，带入成人期后，就成为了“解离性同一障碍（俗称多重人格）”。也就是说，无论是谁，多少都与比利・密里根（电影《24个比利》中的主角，一名多重人格分裂患者）存在相似之处，差别只在于受伤的自我是成为独立的人格剥离，还是被深埋心灵深处隐藏起来。

和也觉得“自己就是自己”本来也许有点令人毛骨悚然。所谓“自己”，在自觉的背后，隐藏着不愿面对的悲剧，以及令人毛骨悚然的恐怖经历。不抹杀这些，并在心灵深处创造出一个地狱的话，无论谁都无法成为“自己”。因此，自我之谜，是永远不能被破解的。它就像一个潘多拉的盒子，一旦打开盖子，谁也不知道里面会冒出什么来。而哥哥靖彦正是打开了这个盒子，也许他正在面对这个谜团的本身。真不知道哥哥那孱弱的神经能不能经受得了这样严酷的考验。

想到这里，和也第一次感到自己的内心也存在着某样东西。它储存着自己被抹去的记忆，一直被深埋在心灵深处的阴影之中。遭遇家庭悲剧，默默流泪的那个人，也许正是自己所幻想的“着凉”这头怪兽的真身。也许雅美所看到的，正是这样的自己。

一直以来，和也都觉得自己是个平凡但很善良的人，多少还算走运。然而在他的内心，难以忍受的痛苦、无法直面的恐怖、强烈的愤怒与悲伤、不安与负罪感……一系列复杂地交织在一起的感情、禁忌的记忆等等，都在由另一个“和也”默默承受。也许我们每个人的内心都有这样一个自我，和也默默地想，也许这团阴影既不在自己心里，也不在哥哥靖彦心里，而在两人之间。正是这团阴影，把自己和哥哥紧紧地联系在了一起。

“要说为什么，只因为我们俩是兄弟。”

来到这里，和也有一种回到了老地方的感觉。然而车开到旅馆旁边才发现，这家旅馆要比自己印象中的小得多。建筑本身仿佛已经废弃了几十年，油漆斑驳的墙面上甚至茂密地攀附着野生的茑萝花。一部分水泥已经剥落，露出生锈的钢筋。从外观可想而知，里面的设备肯定基本上都已经损坏得无法使用了。然而这座老旧的建筑却让他一眼就觉得亲切，带给他一种强烈的乡愁感受。而这种感受的强烈，正是小时候自己和母亲、哥哥三人来这里旅行时曾经经历过的。

下了车，和也走进这栋老旧的建筑。门口孤零零地停着一辆眼熟的奥迪车。停车场一角，闲置着的旋转木马仿佛是一件被人丢弃的巨大垃圾。可能是以前游乐场用过的，顶上的篷子已经被摘掉，暴露在外面，经历着风吹雨淋的四匹白色木马，依旧保持着朝着一个方向扬蹄飞奔的姿势。附近过往的车辆一辆也没有，周围静悄悄的。地上落满了昨晚的强风吹断的枝叶。

宾馆入口处立着那座给和也留下深刻印象的美人鱼像。劣质的水泥多处已经剥落，特别是一侧的乳房部分甚至都掉了下来，让人看着都心疼。大门已经没有了，从外面可以直接走进去。室内很暗，外面的阳光基本上照不进来，空气中充斥着灰尘和霉味。和也猜想也许这里的空气从四十多年前的那天一直保存到了现在。等眼睛适应黑暗后，和也开始小心翼翼地往里走。大厅里散乱地放置着桌子和椅子。透过残破的窗户，阳光照在天花板上的蜘蛛网上，闪闪发光。

前台旁边的楼梯口站着一个人，像一尊未完成的雕像一般，低着头，弯着腰，拄着一把日本刀，肩膀顶在刀鞘上纹丝不动地屹立着。看到哥哥的一瞬间，和也的心中掠过了一丝不安，难道说发狂的哥哥杀了自己的妻子和孩子？强压住心中的激动，和也靠近靖彦。靖彦抬起头，用一双无神的眼睛望着自己，但似乎什么也没看。

“阳子她们呢？”

“人应该在哪儿大便呢？从早上起，我一直在考虑这个问题。”哥哥半开玩笑半认真地用生硬的语气说道，“女人们说这家宾馆的厕所没法用，理由是马桶不出水。现在她们出去找厕所了。但是拉大便的地方，有那么重要吗？就像进行受洗、弥撒仪式的地方那样，索性建个大教堂，在彩窗和圣者像中间拉拉大便试试。”

“你喝醉了吗？”和也试探地问。

“我醉不醉不是问题。”靖彦说道，“与在哪里大便比，这根本算不上问题。”令和也大感意外的是，靖彦开始亲密地跟自己打招呼，甚至喊他“阿和”，还发出邀请说，“你也跟我一起回忆一下吧。”

“到底从什么时候开始，我们不用水冲马桶就拉不出大便了呢？”靖彦满脸疑惑地说，“我们以前在图书馆借住的时候，厕所当然是没有水的，那甚至只是一个临时厕所，简直就是茅房，一个臭烘烘的粪池而已。上学住校时的住处、公寓里的厕所应该也是没有水的。用水去冲拉出来的大便，真不知道是谁的发明。说不定冲大便的时候，某些重要的东西也都一并被冲走了。”

总之，阳子和宽子俩以找厕所为借口，从哥哥身边逃走了。

面对被抛下的哥哥，和也的心中不禁产生一种充满怜悯的滑稽感，但是他还不能确定这件事是否就可以这样当作玩笑处理。

“不过，只要找到就好。”和也暂且附和着说。

“在这个国家里，想成为一个迷途的孩子也不容易。”

“说的什么话，我很担心。”说这句话的时候，和也感觉到自己的徒劳，“总之咱们走吧。”

“去哪儿？”

“一直等在这里也不是办法。”

“我哪儿也不去。”靖彦像个孩子似地固执地说，“我在这里等着，就像贝克特的戏剧一样。”

“谁会来呢？”

“等着等着你就知道了。”

这样下去就没完没了了。

“你肚子不饿吗？”和也问哥哥，“来这儿之后吃过什么吗？”

“什么都没吃。”靖彦固执地说，“什么都不想吃，为什么会感到饿呢？阿和也有这样的感受吗？明明没有什么想要的东西，欲望已经枯竭，却仍感到不满足。”

“感到饿岂不正是因为欲望没有得到满足的缘故嘛。”和也忍住苦笑，附和着靖彦的语气说，“总之我们去吃些东西吧，我真的觉得很饿。”

“你一个人去吧，我不去。”

“那我也不去了。”

和也破罐破摔地在哥哥旁边一屁股坐了下来。靖彦笑着看着他。

“笑什么？”

“比比耐力。”

“说什么傻话。”

话说回来，没有车，阳子母女会去哪里呢？她们两个躲起来的话，就轮到自己这个当弟弟的照顾哥哥了。自己该怎么处理这个麻烦的家伙呢？应该把他送到哪儿呢？从现实上考虑，应该送他去长崎医院继续接受治疗，但是目前看来，最现实的这条路可能是最不现实的。

“工作怎么样？”靖彦问和也，“不用担心我，你回家吧。”哥哥的语气更像是在赶人。

“我怎么可能丢下哥哥你一个人回去呢？”

听到靖彦命令自己回家，和也再次想到了“家”这个词。自从来到这里，和也开始感觉回那个家是那样麻烦。贷了二十年款盖起的房子，现在已经成了一个形式，说是个家，也只是一栋房子罢了，仿佛是由一只猫看守的一件空虚的器皿。即便回到那里，等待自己的也只有空虚而已。和也也怀疑，在处理好哥哥的事情之后，自己是否还愿意继续过昨天的那种生活，也许已经无法一边说“好的，请张开嘴，是这颗牙痛吗？”，一边进行治疗了。来这里之前，和也认为自己是来帮助陷入窘境的哥哥靖彦一家的，就像勇敢地奔赴火场灭火一样，有一种慷慨激昂的感觉。然而实际上，自己和哥哥一样，处于看不到出口的绝地。而自己之所以也来这个地方，更像是受到了某种东西吸引。正当和也忧郁地感到没有头绪的时候，“对了，和也”，靖彦再次叫了和也的名字，“我应该谢谢你”。

“谢什么？”

“你掉到祖父家门前的那条河里的事情，其实是我故意推你进去的，从后面推你的背。”

“这个话你以前说过了。”和也试图逃避这个话题。

“你出生的时候，身体很差。”靖彦用回忆的口气继续说道，“因为你患有少儿哮喘，母亲一直在照顾你，我则被放在了祖父家里。”

“为此你怀恨在心，才把我推进河里的。”和也打算尽快把话说完。

“并不是那样的。”靖彦有些烦躁，郑重地说，“我当时很恨你。”靖彦表白的语气毫无恨意可言。“我明白那不是你的错，但是受到一种既不是恨也不是悲的一种无法抑制的感情驱使，等我意识到这一点，你已经掉进去了。”

“为什么现在讲这些呢？”

“明子去世的时候，我才上小学三年级。”靖彦没有回答和也的问题，自顾自地用一种孤独旅人般的语气继续往下讲，“而且事故发生时，我就在旁边，亲眼目睹了事故的发生。”

哥哥的这些话，和也是第一次听说。关于姐姐的死在和也的印象里，只是含糊的一句“交通事故”而已，他也从未想过要去问清楚。而哥哥靖彦却能如数家珍般地把一个个情节讲得清清楚楚。

“明子一个人坐巴士来的，结果出了事故。为什么她会出事故呢？因为那天她来了祖父家。为什么她会来祖父家呢？是为了找我，为了见我这个因为父母要照顾弟弟、像个累赘般地被寄养在祖父祖母家的哥哥。明子来了，所以被车撞了。明子是因为弟弟而死的，这个弟弟当时正因为哮喘还是什么，被过度保护着。都是因为这个弱不禁风、爱撒娇的弟弟。当然，虽然我还小，也能够理解这其实是种没来由的怨恨，不过没办法，不把罪责归咎到某个人头上，我的怒火就无法平息。”

“照你这么说，父亲的死也是因为我啦？”和也若无其事地回应，“由于失去了姐姐，父亲失去了活下去的勇气。”

“一切都是我的错。”靖彦转过头，目光深邃地看着夕阳照射的玻璃窗，“直到现在，我还清清楚楚地记得那天的事情。当时我去车站接明子，就在回头桥附近。隔着一条马路，车站对面的街角有一家点心店，我就在那里等明子，打算一起买些点心。不一会儿巴士来了，明子一个人从车上下来，我在点心店门口冲她招手，明子看到我立即跑起来，结果对面来了一辆蓝色的小货车。”

靖彦失魂落魄地停住了话头，把头靠在刀柄上发了一会儿呆，罗列事实般地继续说道：“要是我不招手、不叫她的话，明子就不会出事故，父亲也不会死了。”靖彦的话到此戛然而止。

和也感到眼前这个人自己完全没办法对付，他讲话的口气就像一个迷信的人一样斩钉截铁。他对于自己心里的想法坚定不移，完全容不得别人的疑问与反对。

“听起来有些强词夺理。”和也尽量语气平缓地说道，“一般来说，关于姐姐的死，需要负责任的应该是那个货车司机，而哥哥却没有说这个。我觉得姐姐和父亲的死，不能说归咎于某一个人。错的既不是当时招了手的哥哥你，也不是我这个体弱多病的弟弟。即使非要找出是谁的错，那又怎样呢？又能怎样呢？死者长已矣，已经无法挽回。”

“问题就出在这里。”和也的话仿佛正中靖彦的下怀，“死者长已矣，这才是问题的核心。”

和也在想哥哥是不是有点愚蠢，难道他要对已经死去四十多年的父亲的死负责吗？转念一想，和也开始理解也许靖彦现在确有必要这样考虑问题。记得哪本书里曾说过这样一句话，正是感受罪恶的能力把我们变成了人。因为酗酒，靖彦的精神和肉体早已临近崩溃的边缘，一心要亲手保护妻女，结果却适得其反，一个人被抛弃在这个已经成为废墟的宾馆里。也许恰恰是由于对于死者们的自责，他的精神才得以保持正常，才没有离开这个世界。

“我告诉你，我在这里等什么吧？”靖彦把脸贴过来，神秘兮兮地说。

“只要你愿意。”和也回答得很微妙。

“一句话。”

“一句话？”

“我一直在等一句话。”

靖彦又开始提起前天电话里谈过的那个患胃癌去世的同事。之前和也同他在电话里聊过他去参加葬礼的事。当时和也听靖彦说是身边的事情，以为去世的是靖彦福冈的同事，结果发现这个人竟然住在东京。

“到东京时，我去信浓町医院看望过他两次。”靖彦开始边回忆边讲，“因为住院的时候，癌症已经发展到晚期，所以治愈的可能性几乎为零。他本人也明白这一点，我感觉他已经被绝望、不安、恐怖、孤独所控制，情绪看起来非常低落。旁人的善意、牺牲、安慰、鼓励等等一切的一切仿佛都徒劳无功，在他看来都是过眼烟云而已。他就像大海中间一处孤零零的小岛。当时我非常吃惊，人在活着的时候，竟能够孤独到如此地步。第二次见他，脸上已经有了死亡的神态，眼窝深陷，颧骨突出，皮肤已经呈灰色，可能是打点滴的缘故，微微有些浮肿，看起来随时有可能被死神带走。我说了些不痛不痒的宽慰人的话，他则什么也没说，只是闭着眼睛，仿佛我的话他完全没有听见。从表情上看，好像他既不愿说话，也不愿思考，完全的不理会……无论是自己或是命运，仿佛他的故事已经结束。所有的力气都消失了，人已经被还原成一件自然物，只是还痛苦地活着而已。又好像他正在为自己感到难过，对自己的死感到羞耻。不知道自己为什么成了这个样子，也不知为什么死神会选上自己，被运到这里，就这么死去，而自己却不得不接受这种无理的命运。真是令人羞愧的结局，所以他必须封闭自我，必须把自己深深地埋没。那是一种非常隐私的羞耻。我感觉自己仿佛正在看着一个赤裸的人，一个将死的，一个比赤身裸体更加透彻地被解剖了的人。因此他觉得羞耻，仿佛他并不愿意让别人看到自己，希望被人忘掉，甚至希望自己从来没有来过这个世上。我把目光移到别处，并不是刻意而为，只是尽量不去看他。即使不小心看到了他，也把他当作一个花瓶、一只碗一样若无其事地对待。当时我一秒钟都不想多待，只想早点从那个可怕的地方逃出来，到有灿烂阳光的地方去。而就在下一秒钟，真正可怕的事情发生了。他悠悠睁开眼睛，侧了下脸，看着坐在床头椅子上的我。空洞的眼神死死地盯着我，好像是在看镜子中的自己，仿佛眼前的人是他自己，是来到死亡边缘的未来的自己。之所以这样讲是因为当时这个男人用微弱的声音说了这么一句话："早晚你也是这样，毫无例外，谁也别想幸免。"当时我逃也似的走出病房，等跑到阳光下的时候，才感觉自己的做法有些不合适，觉得很丢人。没有给同事一句鼓励的话，就丢下他从病房里逃了出来。那是一种特别的羞耻，我当时是第一次体验。然而不久以后，我就明白了真正让我感到羞耻的是什么。早晚自己会和他一样，成为一个被人嫌弃，连自己也嫌弃自己的家伙，坠入耻辱的深渊。临死之际，自己的所作所为也只能像他一样。正是这个无法掩饰的真相让我感到深深的羞愧。

靖彦好像暂时喘不过气，停住了话头。这让和也心里感到一种极致的宁静。外面刮着大风，仿佛连房子都要卷走。隔着已经没有玻璃的破窗，能看到被风从树上吹落的叶子正漫天飞舞。不久靖彦小声地长出了一口气，开始继续讲。

“动物们之所以能够毫无痛苦地死去，是因为他们没有语言。只要痛苦之类的词被发明出来，要死去的人默不作声地死去就成为一件不合情理的事情。”靖彦的语气仿佛并不是在抱怨不合情理，而是在自言自语。“当他就要被死亡击倒，他用语言真心地希望自己能从绝望、不安、恐怖、孤独中解放出来的时候，我们谁也不能跟他说话，即使是照顾他的亲人、爱人也不能。如果某人的话成功地传达给了将要死去的人，要么是成功地骗了他，要么是对方选择了让步。无论这个人的人格多么崇高，或者是神职人员，在无能为力这一点上是一致的。很可能对将死之人来说，他们的话听起来更像是一种蹩脚的讽刺，或者说是一种恶意的玩笑。有良心的做法，充其量只能是保持沉默，把视线移到别处而已。基本上可以放弃与将死之人进行人类之间交流的努力，虽然这话听起来比较残忍。无论境况多么绝望，都应该把门打开些，几毫米也好，因为只要从外面射来一束光，人就有信心继续活下去，然而我们却只是把他丢在绝望与沉默之中。无论多么崇高的道理、多么高明的医术，到了这个时候连屁都不是。被丢弃下来的人，只能一个人屈辱地死去。这是一种非常严重的亵渎。不仅是对那个人，也是对人本身的亵渎，或者说根本就没把他当人看。如果说吊唁死者人才称其为人的话，那么我们这些对死者无话可说的人还算是人吗？只能算是行尸走肉吧，也许每天都活在极限状态之中。对待别人就是对待自己。所谓生存，就是避而不谈自己的死亡，不去面对侮辱。我们的生命正是建立在这样一个危险的基础之上，在疯与不疯，人与非人的边缘，若无其事地活着。无论何时有人发疯，或者那人突然堕落算不上一个人，也丝毫不令人感到意外。现在这种事情到处都在发生。我觉得所谓生存是一件特别的事情，或者说这已经不是活着的问题了。”

靖彦仿佛感到自己所说的话过于沉重，不觉闭上了嘴。和也在这一瞬间的平静背后，仿佛看到了无意义、无慈悲地大量死亡的阴影。毫无灾祸的感觉，只是死亡的苍白影子而已。影子走过自己身边，留下的自己和哥哥仿佛是死人。靖彦穿针引线般地继续往下讲：

“将死之人……如果是明确处于等死状态下的话，无论周围的人还是本人都会明白这一点，已经无药可救。我所等的就是那句要对他说的话。只有这一句话才能救我。不是一时的平静，而是真正的安宁。而这样有魔力的语言，并不存在于这个世上，也许以前有，不过现在已经消亡。”

哥哥的话听得和也心头一震，一个似有若无的声音不知从哪里冒了出来，和也顺口把它念了出来：“南无阿弥陀佛。”

靖彦用一种震惊的目光望着和也，用一种无家可归的人诉说自己的口气讲道：

“不知道有什么不好。生才是唯一有价值的，其他都可以不要，或者说当作邪恶排除掉。也许这关系到这个世界的存在，真不知道人类如何能够忍耐这样一种空虚和无意义。”

沉默下来的靖彦好像松弛了下来，发起了呆。除了那句“南无阿弥陀佛”之外，和也同样也没有再说话。这就好像已经把箭射到了靶子附近，却没有去捡，只是觉得手里的弓很多余。把箭捡起来的是靖彦，他的话语中充满了倦意。

“祖母由于一时疏忽失去了女儿，从此念佛念了整整一生。而同样失去女儿的父亲却没能活下来。我觉得他的死几乎相当于自杀。持续的酗酒伤害了健康，最终被结核病要了命。一方面，我从未听说过祖母改变过信念，当然她也不喝酒。说到两人的差别，资质、性格、生活的时代等等的例子不胜枚举，我总觉得还有一个可能性，那就是是否念佛。将死之人，只有期待佛的慈悲。可能祖母就是如此衷心祈祷的。里面完全没有夹杂丝毫无理和期满的成分。一开始就是那样，祖母心目中的世界早已经存在。我觉得像她那样的人，已经获得了佛赐予的慈悲，净土也是实际存在的。不过无论如何转世，我们是到不了那里的。并不是我们的信心不足，而是因为这不由个人的资质、性格所决定。一切的信仰、祈祷，现在都或大或小地含有肮脏的成分，或者说不脏不行。也许这是因为人类实现了自由的缘故吧。或生或死，现在已经有了无数的选择，而神、佛也只是种种选择中的一个。这让绝对皈依成为事实上的不可能。如果真有这样的人，他的生活本身就是一个欺骗，因为一切都已成为了相对的概念。本质上的差异被剥夺，被抽象，从某种意义上说，普遍化的世界的成立让一切的信仰、祈祷中混入了类似毒素的作为或不作为的成分。无论这个量是多还是少，掺了杂质的结果就是无论净土、慈悲还是天国、福音都已经离我们远去。这跟有没有信仰无关。因为只要生活在地球上，无论是谁都呼吸着同样的空气。正是这空气给虔诚的信仰、纯粹的祈祷中带来了杂质。为了不看到杂质，只好自己欺骗自己。然而无论欺骗得如何巧妙，假的始终是假的。”

靖彦抬起头，注视着和也。

“阿和啊，你觉得这个世上有值得信任的东西吗？如果非要算一个的话，有一句话算得上是一个。即使不是今天或明天，早晚会来。等我和你聊的这些事情，心里产生的各种感情，一切的一切都消失之后，那句话就会到来。伴随这句话的到来，我、你、阳子、宽子的心中的回忆、想念、爱情、执着等等，一切的一切伴随主人的死消失后，它们仍在那里，既不会消失，不会被破坏、损伤，也不会变质，而是作为一种被单纯的神秘深深地包裹着的事实保存下去。”

和也觉得靖彦自己仿佛就是这句话，心中一种令人怀念的亲切感油然而生。他就像一个坐在永远的一角，对抗虚无的人。作为一名酒精依赖症的患者，职业生涯方面的落伍者，甚至可以说是个差点就失去妻女的失败者的男人，即使可以把所说的话当作戏言，也不能把说这些话的人当作傻子。他更像一个静静地接触真实的人。落魄的他既不是圣人也不是伪善者，既不高贵也不清高，他只是一个极其普通的，哪里都能找得出来的普通人……

他是我的哥哥。

靖彦之前所说的对死去的人们所抱有的自责想法，再次占据了和也的内心。和也对这种毫无道理的罪过意识一直持着摈弃的态度。然而在靖彦的心中，这不但合情合理，而且还让他深信不疑。他认为世界缺乏意义、空虚，因此祈祷、救赎的话语不会来我们身边，就跟鱼儿不再回溯那些被污染的河流一样。当然，河流并不是靖彦污染的，至少不能说全是哥哥一个人的责任。因此，和也认为这种罪的意识并不仅仅是一种想法，它是一种心病。

然而，逆向思维也是可以的。哥哥精神正常，是一个正常人，而“我们”这些人才是得了病，就像善恶都消失了的荒野，无论对自己或对世界都失去了实际意义。因此他才以一副死者的表情不断茫然地彷徨。有的上吊，有的跳楼，有的杀死亲人和朋友，甚至连尸体也要肢解……越是回忆这些现实中的种种现象，和也越觉得靖彦心中那种受难者般的悲观、苦恼是真实的，生病的正是这些“活着的”人。和也开始问自己，自己该怎么办呢？是跟着哥哥走，还是继续留在原地呢？

“从刚才开始，一直都是我在喋喋不休。”靖彦好像刚刚意识到这一点，“你也说点什么吧。”

“说些什么好呢？”和也如实回答。

“你自己想。”靖彦一副理所当然的语气。

说些什么好？和也心中是有数的。和也心说，不好意思，我不能去你那边，也没打算去。也许我要留在哥哥你口中所说的空虚的世界里，对意义的渴望，日复一日地做自己认为最适当的事情。一直等到某种东西得到满足，虽然自己并不明白那到底是什么……

“据说史特拉底瓦里乌斯（Stradivarius）这把小提琴在诞生的时候，并不能发出像现在我们所听到的这种声音。”说不清为什么，和也很想说这件事，“也许名器所特有的音色，必须经历几个世纪的苦难后才会出现。”

靖彦讶异地望着和也，好像很想说，这不是跟宽子出的谜语一样嘛。但是到底要传达什么信息呢？不久，他眼神中的惊讶消失了，悄悄地喘了口气。和也从侧面看，靖彦的相貌仿佛与去世父亲的面容重合在了一起。和也自己心中牵挂的那件事，仿佛已经找到了容身之处，静静地消失了。就是上次靖彦主动承认，自己故意把弟弟推到河里的事情。由于没有第三者的证言，因此实际情况谁也说不清楚。也许是靖彦自己认为，这段记忆是必须的吧。于是他向弟弟表白自己未曾犯过的罪，说自己曾打算把弟弟从这个世界上抹掉。这段虚假的记忆让和也更加明白，哥哥是多么希望用他特有的蹩脚方式把自己与唯一的弟弟联系起来。和也由衷地希望自己能够相信这种兄弟间的血脉关系。

天色已经全黑，时而从外面传来狂风的呼啸和群山低沉的回音。外面树木的芳香被风送到了兄弟俩所在的建筑物中。两兄弟依偎在一起，静静地等待台风离去。

终章・・・

到医院的时候，太阳已经出来，早晨冰凉的空气也逐渐变得温暖。位于郊区田园地带的这家医院，是一处有温泉的疗养设施，医院的背后就是几座海拔很高的山。和也在出租车里已经打过电话联系，阳子到门口迎接和也，两人客气地打着招呼。阳子首先向远道而来的和也表达了谢意。

“宽子呢？”

“在她爸爸那儿。”

“情况如何？”

“从昨晚开始，情况有些糟糕。”阳子忧伤地描述着丈夫的情况。

之前和也在电话里听说，哥哥的精神状况起伏很大。情况好的时候很开朗，还经常讲在外面住的事情，然而心情不好的时候甚至会出现强烈的自杀倾向。他本人也清楚这一点，感觉不好的时候就事先告诉护士用药。医生因为害怕出现自伤行为，开的都是猛药，有时甚至会因为药效过强而昏睡一两天。不过这样一来，睡眠情况得到好转，心理负担减轻，人也有了精神。

“难得你来一趟，真是不好意思。”阳子很过意不去。

“允许探视吗？”和也问。

“总之，是一间封闭病房。”阳子一针见血地指出，“在护士的监护下，应该可以在会客室说说话。”

封闭病房位于护士站隔壁。透过透明的玻璃墙，护士们可以随时对病房进行监控。唯一的出入口是护士站之间的门，而这扇门平时是锁上的。护士站的一角放着一套桌椅，希望探视的家人可以在这里与患者交谈。阳子在说明哥哥住院情况的时候，脸上的表情很僵硬，声音也透着忧郁，不过并没有流露出特别严重的不安和恐惧。在和也听来，仿佛是一个因为不断的反复而对这种胶着状态感到疲惫、劳累的人所发出的声音。也可能是因为事态已经进行到了某个阶段，面对暂时无法改变的现实，心里反而平静了下来。

阳子带着和也走在宽敞的医院里。阳光透过玻璃窗，洒落在淡淡的奶白色装潢风格的走廊里，显得格外明亮。

“雅美还在广岛吗？”阳子边走边问。

“现在时来时去，两个地方各住一周。”和也如实回答。

“好辛苦。”阳子心不在焉地回答。

“即使是照顾父亲，每天做同一件事情也会累。”

“不错。”阳子理解地附和道。

“不过回家一看，家里还有个老公，也需要照顾。”和也轻松地继续说，“和这个老公在一起，也是很累的。因此在家的时候，尽可能都不见面。需要一天抽出一两个小时相互熟悉、相互适应，感觉就像是一对在公园里配对的长颈鹿。”

“再怎么说，也是朝好的方向发展嘛。”阳子没有被和也的玩笑话打动，语气还是那么严肃。

“希望如此吧。”

医院的建筑以和也和阳子所穿过的主楼为中心，东南西北四个方向各有一栋病房楼。设有精神科、神经科、内科三个主治科室。据阳子说，这里除了拥有完善的住院护理和康复设施外，还积极地为老年认知障碍患者提供服务。酒精依赖症的专门病房设在西侧病房楼，这是一栋三层小楼，一楼设有外诊部和药房、检查室，二楼和三楼是拥有五十张病床的住院部。

两人屏息凝气地穿过一条安静的走廊。从走廊尽头的房间传来一阵激烈的吵闹声，其间夹杂着护士的声音和患者的抗议。好像是一名男性患者正在提什么要求，急得都要哭出来了，所说的内容缺乏条理、支离破碎，听来仿佛是胡搅蛮缠。而护士则表现得非常理解，认真地听着这些无理要求，有时候还亲切地附和，但始终保持着一定的距离，不受对方语气影响。

仿佛被这片喧闹所遗忘，走廊一角的沙发上，静静地坐着一位少女，深深地弯着腰，微微低着头，倔强地嘟着嘴巴。年龄虽小，却给人一种在禁欲时间里苦修的感觉。正是因为年龄小，她的样子更让人心痛。听到阳子的招呼声，女孩缓缓抬起头，先看看母亲，然后用忽闪忽闪的大眼睛望着和也这个叔叔。

“好久不见啦。”和也吃力地招呼了一声，感觉几天没见，这个小侄女更成熟了。

“爸爸呢？”阳子问得很随便。

“还睡着呢。”宽子的回答中也透着一种例行公事般的平淡。

和也的头脑中瞬间掠过一个吃了特效药，睡得昏天黑地的男子形象，心里突然涌现出一种想要把门打碎，带这个男人回家的冲动。感觉那个正在护士站提不合理要求的患者就像是一个自己的分身，想着想着脖子就不知不觉地开始使劲。意识到这一点的和也赶忙深吸了一口气，把这股劲从肩膀上顺着手臂卸掉，让自己放松下来。

“怎么办呢？”阳子轻声问他。

“让我想想。”和也做出看表的样子，“还有时间，慢慢等吧。”

“那我们去休息室吧。”

“宽子也去吧。”和也用爽朗的声音发出邀请。

和也猜想对方可能会拒绝，然而少女头也不点就直接从沙发上站了起来。一缕淡淡的头发芳香悄悄地钻到了和也的鼻子里。不知是有意还是无意，尽可能不做多余的动作，以避免引人注目，少女的动作完全不像她这个年龄段的小姑娘所应有的那样。真不知道她是如何看待、如何理解父亲病情的，和也的心里不禁涌现出很多疑问。然而，深究无益，此时的和也只想用怜悯的心态看待少女，暂时无意深究。

三人顺着走廊往回走，路上谁也没提靖彦的事情，也许是受了少女那种“现在就让这个男人多睡会儿吧”的态度的感化，大人们的动作也利索了很多。

途中宽子出了个谜语让和也猜。题目很难，和也向嫂子阳子求助，阳子也想不出来，可大家都不愿放弃，坐电梯时也一直在思考，然而最终也没能想出正确答案。也许这个答案只有宽子这个小姑娘自己知道。

图书在版编目(CIP)数据

远去的家/(日)片山恭一著;张兴译. -- 青岛:青岛出版社,2016.1
ISBN 978-7-5552-3361-9

Ⅰ.①远… Ⅱ.①片… ②张… Ⅲ.①长篇小说-日本-现代 Ⅳ.①I313.45

中国版本图书馆 CIP 数据核字(2015)第 299341 号

书　　名	远去的家
著　　者	(日)片山恭一
译　　者	张　兴
出版发行	青岛出版社
社　　址	青岛市海尔路 182 号(266061)
本社网址	http://www.qdpub.com
邮购电话	13335059110　0532-80998664
责任编辑	杨成舜　霍芳芳　E-mail:ycsjy@163.com
封面设计	徐　杰
照　　排	青岛双星华信印刷有限公司
印　　刷	青岛双星华信印刷有限公司
出版日期	2016 年 1 月第 1 版　2016 年 6 月第 2 次印刷
开　　本	大 32 开(880mm×1230mm)
印　　张	7.75
字　　数	150 千
印　　数	3001-6000
书　　号	ISBN 978-7-5552-3361-9
定　　价	35.00 元

编校印装质量、盗版监督服务电话　4006532017　0532-68068638
印刷厂服务电话:0532-86828878

本书建议陈列类别:日本文学　畅销